COLLECTION PAGE BLANCHE

Hélène Tersac

POURQUOI TU PLEURES ?

GALLIMARD

Je ne pense plus qu'à ça. C'est pour dans trois jours...

Cette année pourtant je m'y étais mise un peu, mais maintenant en cours je n'écoute plus rien. Je ne fais pas exprès, j'y suis déjà...

— Laure, vous suivez ? Vous pouvez répondre, en anglais s'il vous plaît, à la question que je vous ai posée : What is...

Évidemment que je ne peux pas répondre puisque je n'avais même pas remarqué qu'elle s'adressait à moi. Je bredouille, tout en essayant d'entendre la réponse que Marion me souffle.

— Marion, ce n'est pas la peine de lui souffler. Je ne suis pas sourde. Et ça sert à quoi ? Laure, vous pouvez suivre un peu au lieu de rêver ?

— Oui madame.

— Bon, qui veut répondre ?

Les réponses fusent et moi je peux tranquillement retourner à « mes rêves » comme elle dit, mais cette fois en faisant attention de bien la suivre du regard pour donner le change.

Plus que trois jours : aujourd'hui lundi (je compte cette journée pour un jour entier car il est dix heures du matin), demain mardi, mercredi. Et jeudi...

— Laure, qu'est-ce qui vous fait sourire ?

— Rien, madame.

— Vous pouvez répondre, cette fois-ci ?

Je m'entends réciter : « to begin, began, begun » sans savoir ce que je dis mais, à sa tête, miracle, je vois que c'est bon. Elle me regarde, hésite, s'écarte, se dirige vers un autre élève. Ouf ! Elle va me lâcher ? Non ! Elle revient et me lance : « attraper ».

— To catch, caught, caught.

Re-ouf ! Je souris dans mon for intérieur, évidemment elle ne le voit pas, je ne lui montre que mon visage interrogateur, légèrement inquiet. Elle hésite encore. Je me prépare mais, cette fois-ci, elle s'en va en bougonnant « si vous savez les verbes irréguliers, c'est déjà ça ». Je me méfie tout de même, j'attends qu'elle soit assez loin pour me replonger dans mes pensées. Puis comme je l'entends engueuler Alain qui, lui, ne sait pas ses verbes irréguliers, je me dis qu'il y en a pour un bon moment et je plonge. Je me « réveille » lorsque j'entends le brouhaha, signe que le cours est terminé.

— Tu viens ?

Marion est debout à côté de moi. Je range mes affaires à toute vitesse et je la suis. Nous allons nous asseoir par terre dans le couloir, l'une à côté de l'autre, avec sur nos jambes repliées notre sac à dos noir — le même — et notre veste en jean — la même (on l'a achetée ensemble boulevard Saint-Michel). On commence à « en » discuter. Pierre-Henri s'approche, on lève un peu la tête, mais rien qu'un peu parce qu'on le connaît, ça fait deux ans qu'il est avec nous. Comme à tous les coups il nous demande un truc sur le problème de maths qui, que... On lui dit qu'on s'en fout. On se remet à parler et il s'en va en haussant les épaules — pareil, pareil qu'à chaque fois.

Marion me demande ce que je vais emporter comme repas froid et je lui réponds « des chips, ma mère a parlé de sandwiches au jambon mais je n'en veux pas, un paquet de cacahuètes salées, deux boîtes de Coca, un paquet de Nuts... » tout en me levant en même temps qu'elle et en me dirigeant jusqu'à la classe où le prof de maths nous attend. Il est près de la porte et quand on passe, il dit :

— Tiens tiens, des Nuts, comme c'est bizarre !

Marion se retourne et le regarde ; un instant on se demande ce qu'il nous veut, mais non, rien, il se marre. On lui sourit et on va s'asseoir.

On l'aime bien monsieur X *. Mais comme

* On l'a baptisé monsieur X parce qu'il a un nom tellement compliqué que c'est impossible de s'en souvenir. Et puis, monsieur X, pour un prof de maths on trouve que ça va bien.

je n'aime pas les maths, avec lui j'ai quand même des problèmes. Il attend que tout le monde soit assis et commence :

— En admettant que deux paquets de Nuts partent à un quart d'heure d'intervalle, que le premier paquet s'arrête 20 minutes et le second 10 minutes, à quelle heure arriveront les deux paquets ?

Avec Marion, on se file en même temps un coup de coude et on éclate de rire. Et il n'y a pas que nous ! Mais certains — les bons — lèvent vers le prof des yeux complètement déboussolés. On se marre encore plus. Il ajoute :

— Bon, trêve de plaisanterie, encore que ce problème soit bien intéressant, l'exercice d'algèbre, ça a été ?

Remous divers.

— Vous vous en êtes tirés, oui ou non ? Thomas, au tableau !

Thomas y va, essuie le tableau, se frotte les mains, essaie visiblement de gagner du temps, ce qui n'échappe à personne. Au prof non plus. Je me dis illico que le temps qu'il essaie d'écrire quelque chose, que le prof l'aide, qu'il n'y arrive quand même pas, que le prof lui fasse un sermon, y'en a pour un bon quart d'heure...

Je suis dans l'autocar, on roule, Marion est assise à côté de moi, on commence déjà à engloutir des bonbons, on fait des échanges avec Thomas et Valérie qui sont juste devant, c'est ce qu'on voulait, enfin presque, parce que derrière on aurait bien aimé que ce soit Daniel et Antonin, mais ça c'est raté : ils ne sont pas montés assez vite et on n'a pas pu garder les places. Julien et Adrien s'y sont installés et on n'a rien pu dire ; enfin, on leur a dit bien sûr, mais ça n'a rien changé, au contraire, ils sont restés là juste pour nous faire râler. De toute façon, on leur filera pas de bonbons.

Évidemment, ils nous en demandent. Mais comme on n'a pas de temps à perdre, on leur dit même pas qu'ils peuvent toujours courir, aller se faire voir chez les Turcs et autres gentillesses, on répond juste, la bouche pleine, qu'on n'en a pas.

Là, il faut bien le reconnaître, sûrement mon sourire se voit trop.

Le prof :

— Laure, vous pouvez venir au tableau, sans vos Nuts ?

J'ai bien envie de dire que non, que c'est vraiment pas la peine, que j'ai rien compris et que je prendrai le corrigé, mais je vois à sa tête qu'en fait c'était pas vraiment une question, plutôt un ordre. Pas méchant. Mais un ordre.

Je me lève et j'y vais. Évidemment, comme je m'en doutais, l'inspiration ne me vient pas devant le tableau noir, ce serait même plutôt le noir complet.

Le prof attend. Il dit seulement : « Alors ? », s'assoit et attend. Que faire ? Je regarde bêtement la craie que je tiens dans ma main droite, le tableau, la craie. La classe commence à rigoler. Le prof les arrête tout de suite.

— C'est pas la peine de vous marrer, on va voir ce que fera le prochain. Laure, retournez à votre place. Vous pensez vous en tirer comment ? Vous avez essayé de le faire, cet exercice ? C'est le même que celui que je vous ai fait faire la semaine dernière. Le même !

Je le regarde, je suis désolée, c'est vrai. Désolée pour lui, il a l'air découragé. D'une voix un peu lasse, il dit :

— Il va falloir vous y mettre, on est déjà au deuxième trimestre vous savez... Retournez à votre place.

Puis à voix forte, presque autoritaire :

— Jean-Étienne, au tableau !

Jean-Étienne, c'est le meilleur. Je vois que c'est pas par hasard s'il a choisi celui-là. Il en a marre des élèves qui ne fichent rien. Marre, ça se voit. Pendant que je retourne à ma place, je me dis que le prof a raison, que je suis idiote, que j'ai qu'à m'y mettre, qu'il suffirait que je... que c'est vraiment bête... Puis, revenue à ma place, je me retrouve dans l'autocar. Je regarde le paysage. Tout à coup, ça me revient à l'esprit. Je me penche vers Marion et lui chuchote à l'oreille :

— C'est pas de chance, je vais sûrement avoir mes règles !

— Moi aussi, murmure-t-elle.

On se regarde, bien embêtées. On ne dit plus rien.

10

Par la vitre de l'autocar, je continue à regarder le paysage défiler. J'ai encore envie de bonbons. Je farfouille dans mon sac. Marion y jette un œil. Au lieu de sortir le petit paquet de Treets que je croyais trouver, j'en sors une serviette emballée dans un petit sac aux couleurs de bonbons, ce qui était une bonne idée de la pub pour faire croire que c'est autre chose, mais maintenant tout le monde sait ce que c'est. Yves est debout dans le couloir entre les deux rangées de fauteuils depuis un bon moment, et, à croire qu'il le fait exprès, c'est juste le moment qu'il choisit pour se tourner vers nous en disant : « À quelle heure on... ? » J'ai toujours le petit sachet dans ma main, ses yeux tombent dessus. Il s'arrête net en cours de phrase. Je vois qu'il a vu et il voit que je vois qu'il a vu. Ce qui est chouette avec les garçons maintenant — enfin, pas tous mais la plupart — c'est qu'ils ne disent plus rien, ne se marrent pas, ne rougissent pas, ne se contorsionnent pas, ne font pas des réflexions stupides ; simplement à un détail ou un autre ils le voient, ils le savent, et puis c'est tout. Yves quitte des yeux ma main, rapidement, et s'adressant à Marion :

— À quelle heure on arrive ?

— Je ne sais pas. Demande au prof.

Il s'éloigne.

Je reviens à mes moutons. Juste à temps. Le prof me regarde. Je montre mon application à bien recopier le corrigé.

On déjeune au self, comme d'habitude, après avoir fait la queue dans la cohue. On se met au fond de la salle, pour être le plus loin possible du barouf de la file d'attente. Il y a Thomas, Valérie (pas Marion car sa mère, qui ne comprend rien, veut absolument qu'elle rentre déjeuner à la maison) et d'autres que je connais plus ou moins, des copains de copains d'autres classes. J'ai pris des frites mais je n'arrive pas à les avaler. Pourtant les frites... Qu'est-ce que ce serait si j'avais pris des épinards ! Je repousse mon assiette et ne mange que le yaourt et la pomme. Ils discutent d'un *nouveau* prof qui remplace M. Mouron, un jeune avec des moustaches et des lunettes. Comme personne ne sait encore s'il est sympa, on en profite pour se payer sa tête. Après on verra. Moi je parle de son imper. Je l'ai vu sortir de la salle des profs avec un imper kaki qui ne me dit rien qui vaille.

— Il vient peut-être juste de finir son service militaire et il n'a pas eu le temps de se changer.

Je rigole avec les autres mais je laisse tomber quand ils attaquent sur les lunettes. Mon père porte des lunettes... Et puis j'ai autre chose en tête. Je sors un Carambar de ma poche et en le suçotant je pense à autre chose.

— T'en as pas un ?

12

Sans même lever les yeux, je dis que non, j'en ai plus. Faut toujours qu'il tape quelqu'un celui-là ! Et puis de toute façon, c'est vrai, j'en ai plus. L'après-midi va être long !

Bon, allez, faut y aller. On embarque nos plateaux, on sort du self et on se dirige mollement vers la salle de cours. Deux heures de physique. Pouah !

Marion arrive en courant. L'une derrière l'autre nous nous dirigeons vers les tables du fond.

— Non, non ! Marion et Laure, pas l'une à côté de l'autre. L'une ici (elle désigne le premier rang) et l'autre, là tenez : vous serez très bien... pour travailler !

Marion et moi on ne soupire même pas. On s'y attendait. Un cours sur deux c'est comme ça, elle nous repère et nous sépare tout de suite. Elle est moche mais c'est un super prof. Pas moche vraiment mais c'est ses cheveux, ses vêtements... Ça lui donne l'air vieux, on dirait qu'elle a quarante ans. On en a déjà discuté et on ne comprend pas pourquoi elle se fringue comme ça, n'importe comment, alors qu'elle est vraiment chouette. Sévère mais vraiment chouette.

Au premier rang je suis bien forcée d'écouter. Du coup, je comprends à peu près ce qu'elle explique. Seulement au bout d'une heure, j'en ai quand même marre. Je regarde ma montre : 14 h 30. Aujourd'hui on sort à quatre heures et demie. Encore deux heures.

J'essaie bien de me remettre à ma place dans l'autocar tout en regardant intensément le tableau mais, ou bien l'autocar m'emporte trop loin, je sens que mon regard devient flou et qu'*elle* va d'une seconde à l'autre le remarquer, ou bien je mets tant d'attention à fixer le tableau que je me retrouve bel et bien dans la classe en train d'écouter des formules physiques, et c'est fichu. J'abandonne parce que c'est comme le grand écart, j'y suis jamais arrivée.

Bon, c'est fini. Maintenant : gym. Au moins, là, je vais pouvoir discuter avec Marion. Effectivement, après quelques exercices au tapis, le prof nous laisse tranquilles parce qu'elle ne s'intéresse qu'aux super-bonnes, celles qu'elle prépare pour les championnats. Ah ! les championnats ! L'année dernière elle nous a forcées à y assister parce que, répète-t-elle :

— C'est intéressant la compétition, il n'y a que comme ça qu'on progresse. Tenez, regardez Claudia, parfait, parfait... Elle ira peut-être jusqu'aux championnats de France. Ah ! l'année prochaine, si vous vous y mettez...

C'est ça, c'est ça ! Eh ben, l'année prochaine on y est, et on ne s'y mettra pas. On n'a vraiment pas que ça à faire !

Quatre heures et demie finissent par arriver et on discute un bon moment devant la porte du lycée avant de se séparer.

Première heure : musique ! Ça ne nous déplaît pas, parce qu'en fait de musique elle nous fait chanter et qu'on a juste à ouvrir la bouche au bon moment pour *prouver* qu'on chante. C'est tellement ringard ce qu'elle nous apprend, qu'on n'est jamais arrivés à s'y mettre. Mais ça c'est complètement de sa faute, c'est une vieille bonne femme givrée avec une voix qui nous fait mourir de rire. Pourtant, a priori, chanter on n'a rien contre. Si c'était des chansons de Jean-Jacques Goldman par exemple, moi, je chanterais.

Dès qu'on rentre dans la salle, chaque fois y'en a un pour dire (mais depuis le temps, elle fait celle qui n'entend pas) : « Elle, elle voudrait qu'on chante, et comme on chante pas, elle déchante... », suivi d'un grand silence ou de rires, ça dépend. Aujourd'hui, moi ça ne me fait pas rire.

Ce qui me fait sourire, en revanche, c'est que l'autocar s'est arrêté. On se bouscule pour descendre, on entre dans le café qu'on nous indique, là, sur la place, et on déballe notre pique-nique. Évidemment, ceux qui n'en ont pas lorgnent sur mes chips. Ce qui les fait baver, c'est mes chips bien sûr, mais c'est surtout que j'ai que des chips et pas de sandwiches. La classe quoi ! Parce que ça prouve que c'est moi qui ai choisi et que ma mère m'a laissé faire. Pour les boîtes de Coca : même chose. J'en donne une à Marion. Elle c'est pas pareil, c'est mon amie et j'ai pas du tout envie de me foutre de sa gueule à cause de ses sandwiches et de sa gourde en plastique que sa mère l'a obligé à emporter. Ça me rend même triste pour elle. Je la connais sa mère, elle est gentille, mais elle comprend rien. Ou alors c'est parce que Marion est fille unique qu'elle continue à s'en occuper comme d'un bébé...

On finit les Coca, on ramasse les papiers et on remonte dans le car.

— Laure, reprenez !

Reprendre quoi ? Heureusement, à côté de moi, Marion fredonne. Et comme c'est toujours la même chanson, je fais à peu près ce qu'il faut : air, paroles et musique. Elle a l'air satisfaite. Pauvre nouille ! J'attends qu'elle tourne le dos et je lui fais une grosse grimace avec les mains écartées et les pouces dans les oreilles. Ceux qui sont à côté de moi se marrent, mais doucement. Si elle se rend compte de quelque chose elle va se mettre à hurler. Et on aime autant pas.

Dans le car, je ne sais plus quoi imaginer. Je saute à l'arrivée, en fin d'après-midi, à l'auberge de jeunesse où l'on doit passer la nuit. Dortoir pour les filles. Dortoir pour les garçons comme on nous avait prévenus. Mais avant de se coucher, je vois d'ici le bordel ! Ça commence même dès qu'on récupère nos bagages. Quand je dis « on », je veux dire les autres, la plupart des autres. Moi, je n'ai que le sac à dos qui me sert de cartable pour aller au lycée. Rien d'autre. Pas de sac en toile, pas de petite valise. Rien. La classe ! D'ailleurs à ce sujet il faut admettre que j'ai eu du mal. Ma mère voulait que je prenne « au moins un petit sac léger » car « tu ne pourras jamais faire tenir dans ton sac à dos ce dont tu as besoin pour trois jours, Laure. Trois jours ! » Mais j'ai tenu bon, je lui ai fait la preuve par quatre que ça tenait et finalement elle a laissé tomber. En même temps je comprends que ça la dépasse puisque, elle, quand elle part en week-end, elle emporte une grande valise ! C'est son problème, mais quand même je ne vois pas l'intérêt. En plus, elle a toujours peur d'oublier quelque chose, elle panique, elle s'y prend huit jours à l'avance, elle court dans tous les sens, on croirait que c'est super important, que si elle oublie quelque chose ça va être super grave. Comme quand elle doit prendre un train.

Alors là ! elle se met dans un état ! Avec Marie, on sait qu'on a intérêt à se tenir à carreau : dès qu'elle dit un truc on ne se le fait pas répéter deux fois, sans quoi c'est des hurlements. Pour rien ! Une fois, quand on était petites, on devait partir en vacances je ne sais plus où, peut-être en Bretagne, tout à coup elle s'est mise à trembler, ses mains surtout ; avec Marie on a eu drôlement peur. Elle a dit qu'elle allait prendre une douche pour se calmer, moi j'ai serré Marie dans mes bras, et quand elle est ressortie de la salle de bains, elle était moins rouge et ça avait l'air d'aller mieux mais ça a recommencé peu de temps après parce que le taxi qu'elle avait demandé n'arrivait pas. On était devant la porte de l'immeuble avec les bagages et on attendait et on attendait, et moi pour une fois je me suis mise à prier Dieu, à le supplier que le taxi arrive et je lui ai même promis que s'il arrivait dans les trois minutes, j'irais faire brûler un cierge à Notre-Dame (c'était la seule église que je connaissais dans Paris et je me suis dit que j'arriverais bien à la retrouver à cause de la Seine). Marie s'était mise à pleurer et maman lui a dit d'arrêter : « À quoi ça sert de pleurer ? Calme-toi Marie, tu veux, ça suffit ! Si on rate le train, on prendra le suivant. » C'est bien aussi ce que je me disais... mais Marie, elle pouvait pas s'arrêter de pleurer ; je l'ai aidée à se calmer avec des bonbons. Finalement le taxi est arrivé, on est montées dedans, on n'a rien dit jusqu'à la gare, et surtout pas quand on a été coincées dans un embouteillage. Moi, je regardais maman ; elle, elle regardait sa montre, et le chauffeur la regardait dans son rétroviseur ; à un moment il s'est retourné et il a dit : « À quelle heure il est votre train ? » mais maman n'a pas répondu, elle a ouvert la vitre, a mis sa tête dehors et je n'ai plus vu que ses cheveux étalés dans le vent, occupant un espace si grand qu'elle semblait ne plus avoir de corps, ne plus être là que pour quelques secondes, s'apprêter à nous quitter, à se laisser happer, à disparaître dans la masse blanche du ciel. J'ai serré fort la main de Marie, si fort qu'elle a crié et que maman a rentré sa tête en disant : « Qu'est-ce qu'il y a encore ? » « Rien », j'ai dit de soulagement, de bonheur d'avoir entendu sa voix, de voir qu'elle était là, vivante, et j'ai voulu l'embrasser. Elle m'a repoussée. Elle a crié : « Mais vous ne pouvez donc jamais vous tenir tranquilles ! », puis elle s'est remise à regarder sa montre. Alors je l'ai regardée, moi aussi. Puis tout à coup, je ne sais pas ce qui s'est passé, ma main s'est avancée, a saisi la montre et, brutalement, j'ai tiré. Le bracelet a cassé. J'ai entendu « Mais tu es folle ! » en même temps que j'ai senti la brûlure sur ma joue. Je me suis mise à pleurer. Après, pendant le reste du trajet, je ne me souviens plus. On est arrivées à la gare et je n'ai pas lâché la main de Marie en courant le long du quai. On a vérifié plusieurs fois le numéro du wagon, on est montées, on a cherché nos places, on a mis nos bagages dans le porte-bagages, on s'est assises, maman a dit : « Ah, quel énervement ces départs ! » J'ai attendu un peu et j'ai demandé si je pouvais aller aux toilettes. Elle a dit que non « pas avant le départ », alors j'ai encore attendu, puis comme j'avais peur de vomir dans le compartiment, j'ai demandé dans combien de temps le train allait partir. Elle a fouillé dans sa poche, en a tiré la montre, a bien regardé le bracelet cassé, m'a bien regardée et a prononcé : « Dans cinquante-cinq minutes ». Sur l'instant, je n'ai pas réalisé, j'ai cherché dans ma tête un moyen de faire passer mon mal au cœur. J'ai tenu tant que j'ai pu et puis tout à coup j'ai eu un hoquet et tout est parti. Heureusement qu'il n'y avait que nous dans le compartiment, mais Marie et surtout maman ont été éclaboussées. Je ne savais pas quoi faire. Maman m'a dit de ne pas rester comme ça, d'aller aux toilettes et j'y suis allée en essayant de me faire toute petite pour cacher ma honte en passant devant les gens qui étaient dans le couloir. Je me suis lavée et lavée et lavée, et j'aurais donné ma vie pour rester là et ne plus avoir à retourner dans le compartiment. J'ai fini par me décider. Maman avait ouvert une valise et pris une serviette de toilette avec laquelle elle finissait de nettoyer. Ça sentait le vomi, et la honte m'a reprise. Le train est parti. Je sentais qu'il fallait que je m'excuse, que je dise quelque chose mais je n'ai pas trouvé, alors j'ai mis ma tête sur les genoux de Marie et je me suis endormie. Quand je me suis réveillée, maman m'a demandé si ça allait mieux et j'ai dit que oui mais que j'avais mal à la tête. Elle m'a donné de l'aspirine et c'est passé. Depuis j'en ai toujours sur moi, comme ça quand j'ai mal à la tête, je prends tout de suite un comprimé.

Pendant le dîner ah ! la ! la ! la rigolade. Et au milieu de tout ça le prof qui essaie d'expliquer quelle sera la visite du lendemain, l'intérêt que ça présente du point de vue historique, culturel, et bla bla et bla bla et bla bla. C'est pas qu'on s'en fout mais on rigole tellement...

Elle annonce aussi que l'extinction des feux se fera à 23 heures... On discute encore un bon moment tous ensemble, enfin par petits groupes évidemment, moi avec Marion, Thomas, Alexandre, Valérie et Gaétan, toujours les mêmes, puis on va se coucher. Les filles dans le dortoir des filles. Les garçons dans le dortoir des garçons. O.K. ! O.K. ! Dans le plus grand silence, sur la pointe des pieds, on ne met pas longtemps à se rejoindre au fond du couloir, et on discute encore, tout doucement, jusqu'à au moins quatre heures du matin. Marion est assise sur les genoux de Thomas comme ça s'est déjà produit une ou deux fois au Luxembourg et moi je... eh ben moi euh... Et comme Alexandre hésite aussi, alors... Pourtant, c'est bête quoi, il pourrait mettre son bras autour de mon épaule, il est juste assis à côté de moi...

21

Je sens un bras qui me touche l'épaule. Pendant un instant mon cœur s'arrête de battre. Je tourne la tête. Marion me regarde et me fait signe de la suivre. J'attrape mon sac, nous franchissons la porte, descendons l'escalier et nous nous retrouvons dans la cour. Il fait drôlement froid. D'un commun accord nous poussons une porte en jetant un œil pour voir si personne ne nous regarde et nous allons jusqu'à notre cachette près de l'infirmerie. Nous nous asseyons sur les dernières marches de « notre escalier ». On ne sait même pas où il mène, personne n'y passe jamais ; ce qu'on sait, c'est que là on est tranquilles, personne ne vient nous déranger et on peut vraiment parler.

Marion a pas l'air d'aller. Je l'interroge du regard.

— J'en ai marre, mon père s'est encore engueulé avec ma mère hier soir...

— À propos de quoi ?

— Oh ! Il trouve toujours quelque chose. Hier il a recommencé en disant qu'il n'était pas d'accord pour ce voyage, qu'il ne me laisserait pas partir, que...

— Mais qu'est-ce qu'il a contre ?

— Est-ce que je sais ? Je pense que c'est juste pour emmerder ma mère...

— Et ta mère, qu'est-ce qu'elle dit ?

— Ben, elle a dit que de toute façon elle avait payé, payé avec son argent — elle a bien insisté — et que c'était plus la peine de discuter de ça.

— Alors ?

— Alors, il a trouvé autre chose, j'sais pas quoi. Moi, j'ai quitté la table et je suis allée dans ma chambre ; tu vois ma chambre, elle n'est pas bien loin de la salle à manger, alors je les ai encore entendus pendant un bon moment et puis je me suis endormie. J'en ai marre !

— Les pères, c'est toujours comme ça. Ils sont jamais d'accord, ils veulent pas qu'on sorte, qu'on fasse ci, qu'on fasse ça... C'est tous les mêmes !

— Toi, finalement, t'as de la chance que tes parents soient séparés...

— Ouais. Maintenant c'est ce que je me dis.

— Ta mère, elle est sympa ?

— Ouais.

— Pour le voyage elle a tout de suite été d'accord ?

— Ben ouais.

— Et ton père, il sait que tu y vas ?

— Ah ! non ! je lui dirai après, quand on sera revenues...

— Ben, tu peux lui dire puisque c'est pas lui qui décide.

— C'est pas lui qui décide mais ça l'empêche pas de me dire ce qu'il pense. Ou s'il le dit pas, il fait la gueule, ou encore, comme ça, mine de rien, en parlant d'autre chose, il me fait une petite réflexion...

— Et tu réponds quoi ?

— Rien. Avant je discutais, maintenant je dis rien.

— Mais tu l'aimes bien ton père ?

— Oui. Même que je l'aime beaucoup mais il trouve toujours des trucs à redire sur ce que je fais, alors j'en ai marre de discuter.

— Et ta sœur ?

— Ma sœur, elle est trop petite, elle comprend pas. Elle dit qu'elle comprend mais elle comprend pas. Je lui dis juste quelques trucs, pas beaucoup.

— Moi, mon père je me demande si je l'aime. Des fois il est gentil avec moi mais comme il s'engueule toujours avec ma mère...

— Et ta mère, qu'est-ce qu'elle dit ?

— Qu'elle en a marre.

— Ils vont divorcer ?

— Mon père veut pas.

— Et ta mère ?

— Ma mère elle voudrait bien mais elle dit que c'est pas possible puisque papa veut pas.

— Elle a qu'à décider toute seule. Dis-lui d'aller voir un avocat. Pour divorcer faut aller voir un avocat.

— C'est où ?

— J'sais pas. Si tu veux, j'peux demander à ma mère. Tu veux ?

— Je crois que ça sert à rien...

L'une et l'autre, en regardant droit devant nous, on réfléchit. Moi, je voudrais trouver une solution.

— Et si toi t'en parlais à ton père. Si tu lui

disais que ta mère veut divorcer et que toi t'es d'accord...

— J'sais pas si j'suis d'accord.

— Alors, tu vas continuer comme ça ?

— À dix-huit ans je partirai. Mon cousin c'est ce qu'il a fait, à dix-huit ans il est parti.

— Parti où ?

— Je ne sais pas.

— Tu l'as pas revu ?

— Non. Enfin si... Une fois il est venu à la maison mais comme y'avait mon père on n'a pas pu discuter.

— T'as pas son téléphone ?

— Non.

— Et tu sais pas où il habite ?

— Non.

— Attendre jusqu'à dix-huit ans, ça fait long. Quand tu en as marre, viens à la maison.

— Tu sais bien qu'il veut pas.

— Demande à ta mère.

— Si j'lui demande, elle dira oui, mais il faudra qu'elle demande à mon père et ils vont encore s'engueuler, alors...

Je jette un coup d'œil à ma montre. Il est 35 et le cours commence à la demie. On attrape nos sacs, on court dans les couloirs, on grimpe les escaliers. Ouf ! Ils sont en train de rentrer.

On va s'asseoir l'une à côté de l'autre au fond de la classe. La prof de français arrive et commence tout de suite à relever les rédactions. Moi, j'avais choisi le deuxième sujet : « Parmi tous les lieux où vous êtes allé, choisissez celui

25

que vous avez préféré et expliquez pourquoi. »
Je crois que ça a marché. J'ai de bonnes idées
mais c'est l'orthographe... à chaque fois, j'ai des
points en moins à cause de l'orthographe. Pourtant je suis bonne en dictée. Ma mère dit que je
pourrais faire attention mais elle ne comprend
pas que quand je fais une rédac je pense à ce que
je veux dire et pas à l'orthographe. Ça y'a rien à
faire : dès que je lui fais lire ce que j'ai écrit, elle
peut pas s'empêcher de voir les fautes. Ensuite
elle fait un effort pour ne plus s'en occuper, on
discute de mes idées, et ça j'aime bien...

Aujourd'hui, Baudelaire. Je commence à lire.
Je trouve pas ça terrible. Je fais un signe à
Marion pour savoir ce qu'elle en pense. Elle fait
une moue significative. Bon, la prof se met à
expliquer et on écoute.

Le français, c'est ce que je préfère. Mais la
prof de cette année est pas terrible. Enfin ça
dépend des jours, des fois elle est super sympa et
puis d'autres fois, on ne sait pas pourquoi, elle
s'énerve, elle crie... En plus c'est pas forcément
quand on n'a rien fichu. C'est pour rien,
comme ça, ça lui prend. Moi, je trouve qu'elle
est un peu *chtarbée*, mais ma mère dit qu'on ne
se rend pas compte, qu'on voudrait que les
adultes soient toujours en forme, cool, sympa,
alors qu'ils ont aussi leurs problèmes et que
surtout les profs, vu la patience qu'il leur faut,
ils ont de quoi être énervés... Moi, je ne réponds
pas à ça. Qu'ils s'énervent quand il y a une raison, O.K. ! Mais quand il n'y a aucune raison !

26

D'après ce qu'elle est en train d'expliquer en ce moment, Baudelaire ça semble finalement pas mal, mais c'est plus fort que moi, je décroche.

Pendant la visite au musée, on essaie tous de se tenir tranquilles et, miracle, on y arrive ! Mais on attend avec impatience que ce soit fini. Après : visite de la ville. Je vois des rues, des monuments, des immeubles... Évidemment je n'arrive pas à bien imaginer puisque je n'y suis pas encore allée. Mais ce que je vois très bien, par contre, c'est Alexandre qui marche devant moi. De temps en temps il se retourne et me sourit. Moi aussi je lui souris. Puis je me lance, je fais quelques pas plus rapides pour le rejoindre et je me mets à marcher à côté de lui, à sa droite. Il tient son sac de la main gauche et moi je maintiens sur mon épaule la courroie de mon sac à dos de la main droite. Ma main gauche et sa main droite pendent donc le long de nos corps, se balançant légèrement, très proches. Il suffirait de rien. Et, au moment où arrêtés sur un pont on nous désigne je ne sais quoi, le rien se produit. Sa main effleure la mienne, à peine, mais je suis sûre de ne pas m'être trompée. Sûre ! Alors moi aussi j'avance la main. On se remet en marche en prenant un air naturel, dégagé bien sûr, on ne se regarde pas. Mais tout a changé. Maintenant nos doigts sont enlacés tandis que nous regardons droit devant nous. Je me demande si je ne vais pas craquer, me jeter dans ses bras, l'embrasser en pleine rue. Mais on s'aperçoit en même temps qu'on s'est laissé distancer et on fait quelques mètres en courant pour rattraper les autres. Mon cœur cogne dans ma poitrine et je sais que ce n'est pas à cause de la course. Je ne peux pas m'empêcher de le regarder. Je voudrais voir si c'est pareil pour lui. J'examine son visage et...

La prof est à côté de moi. Je m'attends à ce qu'elle me dise quelque chose. Je prends un air concentré, attentif. Elle va de table en table mais finalement elle ne s'occupe de personne en particulier. Elle a l'air de suivre le cours de ses pensées et continue ses explications. Parfait !

Alexandre vérifie d'abord que personne ne fait attention à nous puis il tourne la tête vers moi et me regarde longuement. Valérie se retourne alors brusquement et, dans un même mouvement, nous regardons ailleurs, lui à gauche, moi à droite. Trop tard ! C'est sûr elle nous a vus. C'est sûr parce qu'elle se détourne immédiatement... Alexandre continue à garder la tête tournée vers la gauche mais je le regarde à nouveau parce que, de toute manière, « ils » vont s'en rendre compte, « ils » n'attendent que ça. Je me rapproche de lui et je lui dis tout doucement : « Ça ne fait rien ! Qu'est-ce que ça peut faire ? » Il hésite : « Oui, mais après ils vont pas arrêter d'en parler... » En souriant je hausse les épaules. En souriant, parce que moi, ça ne m'ennuie pas tant que ça... Au contraire... J'ai envie que tout le monde le sache, que la Terre entière le sache...

— Vous préparez pour la semaine prochaine cette explication de texte...

Marion me tend une photocopie. Je regarde vaguement. Qu'est-ce que je vais bien pouvoir pondre ?

— Il nous reste une demi-heure. Nous allons faire une dictée, prenez une feuille de classeur.

Ça y est ! On est bon pour les accords des participes passés. Quelle calamité ! Elle nous laisse cinq minutes pour relire. J'ai pas le temps de réfléchir. Je jette un œil sur la copie de Marion, mais je vois bien qu'elle hésite aux mêmes endroits... Je rends ma feuille.

On enfile nos vestes et on s'en va. Aujourd'hui, comme nous avons deux heures pour déjeuner, je vais chez Marion. Sa mère nous prépare de bons petits plats. Après le repas, pendant lequel on ne dit pas grand-chose puisque sa mère mange avec nous, on va dans sa chambre sous prétexte de faire des maths. On en fait un peu et puis on discute... Moi, je n'arrête pas de dire que ça va être génial. Marion, elle :

— Je ne sais pas si ça va être génial mais du moment que je me tire d'ici...

Elle a l'air triste.

— Écoute, arrête. On va drôlement se marrer, qu'est-ce qu'il y a ?

— Je pense au retour...

— On n'y est pas ! Pense au départ... et à Thomas... T'es pas contente d'être avec Thomas pendant trois jours ?

— Si, si ! Mais après on pourra plus se voir.

— On se débrouillera, t'inquiète pas ! Dans un mois c'est mon anniversaire, je vais faire une fête avec tous les copains...

— Mon père voudra jamais.

— Je dirai à ma mère d'appeler la tienne. Pour ça ma mère, elle est fortiche, tu la connais : « Ça nous ferait vraiment plaisir vous savez... Et je raccompagnerai Marion moi-même... Oui, bien sûr, pas trop tard... » Quand elle téléphone comme ça, je reste à côté d'elle parce que je la trouve super, elle prend un air super sérieux et ça marche super. Elle regarde droit devant elle parce que, comme elle dit : si elle me regardait, avec l'envie que j'ai de rigoler, elle ne pourrait pas y arriver. C'est seulement quand elle a raccroché qu'on rigole toutes les deux. Allez, tu vas voir, ça va marcher.

Marion sourit. Je lui fais une bise. C'est pas encore terrible mais je vois que ça va mieux.

On retourne au lycée. Espagnol. J'aime pas du tout. Je voulais faire italien en deuxième langue, et, pour une fois, j'ai eu beau faire ma tête de Turc, ma mère n'a pas cédé.

— L'italien ne te servira pas à grand-chose.

Tandis que l'espagnol, avec toute l'Amérique du Sud... Écoute, tu fais de l'espagnol et tu arrêtes de discuter !

J'ai dit ni oui ni non. Sur la feuille qu'on m'avait demandé de remplir, j'ai coché la case espagnol et ma mère a signé. En fait, italien ou espagnol, je m'en fous, mais espagnol ça ne me plaît pas. En plus, la prof fait n'importe quoi. Comme elle ne donne pas de devoirs on n'apprend pas les leçons. Apparemment elle s'en fout et puis elle est absente pour un oui ou pour un non, parce qu'elle est malade ou je ne sais trop quoi ; alors on a souvent des remplaçants, et les remplaçants... comme on les a que pour quinze jours ou trois semaines...

J'entends qu'elle parle en espagnol, toute seule comme d'habitude. Elle dit des trucs qu'on ne comprend pas, alors on discute entre nous. Gaétan assure qu'on devrait emporter des sacs de couchage.

— Ça va pas la tête ! Il a jamais été question de ça ! Pourquoi pas transporter toute ta chambre tant que t'y es !

— Escargot, va !

— Quoi, escargot ?

— Ben, les escargots ça transporte leur maison avec eux...

— Si vous vous foutez de ma gueule, je rentre dans ma coquille.

Gaétan s'enfonce la tête dans le cou, remonte sa veste par-dessus sa tête puis, après quelques instants, avec ses deux index pointés vers le ciel, imite assez bien deux cornes.

La prof :

— Que esta haciendo usted, Gaétan ?

— El caracol, señora.

La prof le reprend sur la prononciation. Il répète et ajoute :

— Comme il pleut, vous comprenez, j'en ai profité pour sortir...

Fou rire général.

La prof retourne à son bureau et continue son cours pendant que Valérie se met à faire la biche — elle brame très bien —, Gérald le coq — il chante très bien — et Alexandre, avec ses bras immenses, l'araignée — super !

Pour une fois le temps passe vite et la prof quitte la salle sans qu'aucun animal de la ménagerie s'en aperçoive. Entre le prof de dessin avec, comme d'habitude, son walkman sur les oreilles. Ça lui arrive même de danser, alors ce n'est pas lui qui va chercher à tout faire rentrer dans l'ordre. Mais justement, comme il s'en fout, on arrête de faire les singes. On sort nos feuilles à dessin. Il met son walkman dans sa poche, pose une chaise sur son bureau et annonce :

— Dessinez-moi cette chaise. Et attention, elle a quatre pieds...

Au fond de la classe :

— C'est une chose assez courante chez les chaises...

Il a entendu.

— Chez les vraies chaises peut-être, mais sur celle que vous allez dessiner, pas toujours ! Pas toujours !

Je commence à tirer des traits en tenant compte de la perspective. J'attends qu'il remette son walkman. Voilà. Ce qu'il y a de bien avec lui, c'est que c'est toujours pareil : il donne le sujet et après on peut faire ce qu'on veut. La seule chose qu'il exige quand on dessine, c'est le silence. Et moi, le silence ça ne me dérange pas du tout pour voyager. Alors...

Alexandre est près de moi, il n'y a plus personne. Tous les autres ont disparu. Nous marchons main dans la main. De temps en temps, je pose ma tête contre son épaule, je la laisse, puis il passe son bras autour de ma taille, puis nous nous arrêtons et nous nous regardons.

Il m'embrasse, et je l'embrasse aussi, en fermant les yeux parce que ses lèvres, bien que ce soit un instant dont j'ai tant rêvé, c'est encore plus merveilleux que tout ce que j'avais imaginé. Des passants nous regardent et sourient. À d'autres moments je me serais dit qu'ils se fichaient de nous, qu'ils nous trouvaient trop jeunes et qu'ils ne comprenaient rien. Mais là, non. Je leur souris moi aussi, je me rends bien compte qu'ils sourient parce qu'ils voient qu'on s'aime ! Moi, Alexandre, ça fait longtemps que je l'aime, au moins deux mois, que je le trouve beau et que, quand il est là, je ne vois que lui. Je connais par cœur tous ses vêtements et je le trouve super bien habillé, et puis il est grand, un mètre quatre-vingts je crois, et mince mais musclé. Je l'ai vu en gym, il a pas l'air mais qu'est-ce qu'il est musclé ! Ma mère m'a fait remarquer un jour que j'en parlais beaucoup « de cet Alexandre ». C'est pas vrai du tout, j'en parle jamais. Et ma sœur : « Comment il est Alexandre ? Il viendra à la maison ? Quand est-ce que je le verrai ? » Je l'ai envoyée balader. Qu'est-ce qu'elle va chercher ? J'en parle jamais ! Une fois peut-être, comme ça, j'ai dû dire qu'il y avait un garçon de la classe, super chouette, qu'il était drôlement sympa, qu'il ne portait pas de boucle d'oreille (ce que je déteste !) et qu'il avait toujours vu tous les films, alors on pouvait discuter, pas comme avec les autres garçons de ma classe, tous des débiles, et puis qu'il lisait beaucoup et que quand il parlait d'un bouquin ce qu'il disait c'était génial ; peut-être aussi j'ai parlé de ses cheveux parce qu'il a des cheveux... blonds, enfin pas vraiment blonds, coiffés en arrière, une super-coupe... Et puis il a une chemise, c'est un copain qui lui a donnée et qu'est-ce qu'elle est belle. C'est celle que je préfère et c'est celle qu'il porte aujourd'hui. Je le regarde mais je n'ose pas lui dire : ni que j'aime sa chemise, ni que je l'aime. J'ose pas. J'espère que c'est lui qui va le dire en premier.

Alexandre est tout près de moi. Il a quitté sa place, mais pour ça le prof ne dit rien. Il se penche par-dessus mon épaule et regarde le dessin de ma chaise. Il me dit à l'oreille :

— Tu t'es pas foulée !

Je me retourne pour voir sa tête, il sourit.

— Tu m'aides ?

Il prend mon crayon, il est super fort en dessin, et de quelques traits ma chaise se met à ressembler à une chaise.

Le prof :

— Alexandre, vous voulez que je vous aide ?

— Non, merci monsieur, ça va.

— Au prochain cours, mettez-vous donc à côté de Laure, ça ira encore mieux...

Toute la classe rigole.

Je marmonne :

— Pauvre imbécile !

— Laisse tomber, me souffle doucement Alexandre.

Pendant qu'il regagne sa place, les autres arrêtent de rigoler. Je ne le vois que de dos mais je connais son regard quand il ne veut pas qu'on se foute de sa gueule ; ça les impressionne tous. Et moi je suis... fière.

Le prof :

— Bon, arrêtez ! Faites-moi voir vos chaises !

Évidemment, ça il l'a cherché : y'a toujours les mêmes qui restent assis mais une bonne moitié de la classe se lève et prend sa chaise à bout de bras pour la présenter au prof.

— Ouaf ! Ouaf ! il fait. Qu'est-ce que vous

êtes drôles ! Eh bien, si ça ne vous fatigue pas, restez comme ça...

Puis il se tourne vers le tableau et, à grands coups de craie, dessine une chaise. Plutôt bien, faut le reconnaître ! Il pose la craie, se frotte les mains avec le chiffon, met son walkman sur les oreilles, attrape ses affaires et, sans nous jeter un regard, sort.

— Qu'est-ce qu'il a aujourd'hui ? me demande Marion.

— J'sais pas. Il avait peut-être pas apporté ses bonnes cassettes, ou sa nénette l'a engueulé ce matin...

— Son petit ami, tu veux dire...

— Ouais, si tu veux. C'est la même chose !

J'aime pas bien quand Marion se met à parler de ça. C'est vrai qu'il a un petit peu l'air d'un homosexuel, et alors ? Moi c'est pas mon problème ! Une fois, avec Marion, on a failli se fâcher à cause de ça ; elle trouve que c'est un prof et qu'alors, quand même...

— Quand même quoi ? je lui ai dit. Du moment qu'il nous fout la paix, laisse-le vivre.

— Et les garçons de la classe...

— Quoi, les garçons de la classe ? Il a jamais rien fait aux garçons de la classe, alors ?

— Oui, mais si...

— Y'a pas de « mais si... ». Qu'est-ce que tu vas inventer ?

— Et quand il se met à danser, tu trouves ça normal, toi ?

— Bof ! Il l'a fait une fois...

— Deux fois au moins !

— Bon, deux fois, et alors !

— Toi, tu lui donnes toujours raison. Au fond, il te plaît bien, pas vrai ?

— C'est ça, il me plaît bien, d'accord. Et tu sais pourquoi il me plaît hein ? Parce que lui, c'est un marrant. Et toi, t'es pas marrante du tout !

Là-dessus je suis partie, et on ne s'est pas parlé de toute la journée. Mais le soir, on s'est téléphoné...

J'ai pas envie aujourd'hui de recommencer la même discussion. Je cherche à parler d'autre chose et je ne mets pas longtemps à trouver.

— Tu sais quoi ?

— Non !

— Plus qu'un jour !

Je l'attrape par les deux mains et, dans le couloir, comme quand on étaient petites, pieds joints pointe contre pointe, corps balancés en arrière, on se met à tourner, tourner... Quand on s'arrête, on se laisse tomber par terre. À voir ceux qui nous regardent en nous contournant, on pique par-dessus le marché un de ces fous rires !

On se calme pour le cours d'histoire. Parce que la prof, alors elle, c'est vraiment pas une marrante. On ne prend même aucun risque, avec Marion on se sépare toujours d'au moins trois tables. Pas question de dire un mot, sans quoi elle se met à hurler ; et pas question de ne pas écouter, sans quoi elle le voit tout de suite. Et, en plus, il faut prendre des notes. C'est dingue, on n'a jamais fait ça, alors évidemment qu'on n'y arrive pas ! Ah là là ! quand on sort de là, on est crevés. Crevés !

Moi, en sortant, je rentre tout de suite ; le mardi, c'est vraiment la journée la plus épuisante. En arrivant à la maison je n'ai qu'une envie : m'affaler devant la télé en grignotant des gâteaux. Pas trop parce que l'année dernière j'avais drôlement grossi, et que cet été... quand je me suis vue dans mon maillot de bain, les cuisses, le ventre. Ouah ! l'angoisse ! Au début j'ai continué à manger parce que contrairement à ce que dit ma mère : « Tu sais Laure, les bonbons, les gâteaux... », moi, je crois que ça ne change rien. Et puis finalement en y réfléchissant... En plus, à la rentrée, j'ai discuté avec les copines ; elles sont comme moi, elles ont pas envie de se priver de frites, de raviolis et surtout pas de bonbons et de gâteaux, m'enfin on s'est dit qu'on pourrait peut-être ralentir un peu. Alors on essaie... Et puis faut dire aussi qu'un jour j'ai entendu Alexandre qui discutait des filles avec Yves et il disait qu'il aimait pas les grosses...

Bon, allez, j'arrête. Je range le paquet de gâteaux. Le programme est pas terrible, je regarde tout de même d'un œil tout en faisant des câlins à Farine (c'est mon chat noir). J'arrête pas de penser qu'il n'y a plus que demain et après...

Ah, ça y est ! Quatre heures et demie, voilà ma sœur ! Pour le calme, alors là, terminé ! Et en plus avec sa copine Caroline que je peux pas blairer. Ah ! celle-là ! « Et patati, et patata... » Quand elles sont ensemble elles arrêtent pas...

— Tu changes pas de chaîne, Marie. Non !!!

— C'est mon émission...

— Non Marie ! Non ! Tu changes pas ! Moi je regarde...

— Tu regardes même pas ! Et puis t'as qu'à aller faire tes devoirs, maman a dit...

— Et toi, tes devoirs ?

— Moi, j'en ai pas ! Tiens Caroline ; tiens !

En plus elle donne des bonbons à Caroline DEVANT moi !

— Tu m'en donnes un ?

— Maman a dit qu'il valait mieux pas que tu...

— Qu'est-ce que t'es chiante !

— Toi-même !

Puisque c'est comme ça, je vais dans ma chambre et je claque la porte. Je mets la musique à fond et je me plonge dans Mickey. Deux minutes après la porte s'ouvre. Encore elle !

— Qu'est-ce que tu veux ?

— Mon Mickey !

— Puisque tu regardes TON émission, t'as pas besoin de TON Mickey !

— Si, justement, j'en ai besoin !

Je le lui balance à la figure et elle part en

faisant des grimaces. Oh ! Qu'est-ce qu'elle m'énerve !

La porte s'ouvre à nouveau et je hurle :

— Quoi encore ?

Comme je n'entends pas de réponse, je me retourne. C'est maman !

— Oh, pardon ! Je croyais que...

— Bonjour ma douce fille, tu croyais que c'était ta sœur ? Vous pourriez pas arrêter de...

— Mais c'est elle qui...

— Je sais, je sais !

Maman me sourit, s'assoit sur le bord de mon lit et me fait un bisou.

— Tu vas bien ? Le grand jour approche !

— Oh, qu'est-ce que je suis excitée, tu te rends compte, plus que demain !

— Si je m'en rends compte ! Bon, je vais faire des courses, tu viens avec moi acheter des trucs pour ton pique-nique ?

— Je viens si tu me laisses choisir.

— D'accord.

Dans le petit supermarché près de la maison on va chacune de son côté. On se retrouve à la caisse et maman jette un coup d'œil sur ce qu'il y a dans mon Caddie. Je vois qu'elle hésite, regarde les bonbons, ne dit rien, me sourit. Elle est super quand elle est comme ça.

En rentrant, elle me sert tout de même un petit couplet :

— Ce soir, il vaudrait peut-être mieux que tu ne te couches pas trop tard, et puis demain, si tes affaires pouvaient être prêtes dans l'après-midi plutôt qu'à huit heures du soir...

— Oui, oui, d'accord.

Elle me regarde sans trop y croire mais nous en restons là.

Je vais dans ma chambre faire mes devoirs en écoutant de la musique, et j'en sors pour dîner. Ensuite, pas de télé, et je me couche. Mais impossible de m'endormir, évidemment...

Sciences nat. On est dans le labo où l'on fait des expériences et comme ça me plaît bien, j'essaie de me calmer. Toute la classe est super excitée et la prof, qui n'est pas au courant, nous demande ce que l'on a. On lui explique et elle dit que bon d'accord, mais qu'en attendant il faudrait tout de même faire un effort... qu'il y a le programme... qu'on n'est pas en avance... etc.

Cette heure-là est vite passée. Mais la deuxième heure, oh ! là, là ! Je n'arrive même plus à penser. Marion se penche vers moi pour me dire quelque chose que je ne comprends pas. Elle répète, je ne comprends toujours pas et voilà que le fou rire me prend. Impossible de m'arrêter. Je regarde Marion, elle essaie de se contenir, mais évidemment elle finit par pouffer et mon fou rire repart de plus belle. Je hoquette en tentant de m'arrêter. La prof, sympa, fait comme si elle n'avait rien remarqué. Enfin je finis par m'arrêter mais j'en ai mal au ventre. Je regarde ma montre : plus qu'une demi-heure. Je fais vraiment tout ce que je peux pour me concentrer. Alexandre a une super chemise noire avec un pantalon noir et des mocassins noirs ; j'essaie bien mais je n'arrive pas à ne pas le regarder...

Le cours enfin terminé, je rentre directement à la maison ; je suis morte de fatigue ! Maman me demande si je vais aller au cinéma (ce que je fais habituellement tous les mercredis). Mais aujourd'hui, non, vraiment je n'ai pas le courage. Je dis que je vais rester là et je m'installe devant la télé.

— Ça ne va pas ?

— Si, si, mais tu sais...

— Tu sais quoi ?

— Ben, c'est à cause de demain. J'arrive pas à me calmer.

— Ça c'est normal, mais à part ça, ça va ?

— Ouais, ouais, ça va !

Elle sort de la pièce puis revient :

— Tes affaires sont prêtes ?

— Ben... non mais j'ai tout l'après-midi...

— Écoute, Laure, n'attends pas que...

— Non, non, m'man, t'inquiète !

La télé le mercredi, c'est complètement débile. Mais alors, débile ! En fait, moi je trouve que c'est super créatif, puisque ça laisse largement la place pour penser à autre chose. La preuve : je me demande ce qu'Alexandre va emporter. Ah ! les cassettes ! On avait dit qu'on emporterait nos cassettes. Je me lève, je prends les miennes, en même temps je mets deux culottes dans mon sac puis je retourne devant la télé. C'est n'importe quoi ! Et si j'emportais mon sweat-shirt blanc ? Je cherche partout, impossible de le trouver. Bon, je demanderai à maman tout à l'heure. Oh ! là, là ! je crois qu'il est au sale... Maintenant c'est une série américaine avec un mec super. Ah ! ça, c'est super. Et mes tennis ? Elles ont dû rester dans mon sac de gym. Mais qu'est-ce que ma sœur a encore fait de mon sac de gym ? Et évidemment, elle n'est pas là... Chez Caroline, sans doute. Je soupire en allant jusqu'au téléphone parce que « gnin gnin gnin », je sais qu'elle va me dire qu'elle ne sait pas...

— Allô ! Caroline ? C'est Laure ! Tu peux me passer Marie ?

J'attends et j'attends et j'attends. Comme elle sait que c'est moi, elle ne se presse surtout pas...

— Allô ! Marie, qu'est-ce que t'as fait de mon sac de gym ?

— Ton sac de gym ?

— Oui, mon sac de gym, où il est ?

— Ben, j'en sais rien moi !

— Comment t'en sais rien, tu sais que je pars demain... et que mes tennis...

— Tes tennis, c'est maman qui les a lavées.

— Et tu pouvais pas le dire ! Elles sont sèches au moins ? Où elles sont ?

— Demande à maman.

45

— Elle est pas là !

— Ben cherche !

— C'est ça, cherche ! Ça te fatiguerait de me le dire ?

— Parfaitement que ça me fatiguerait...

— Écoute Marie, sois sympa !

— Rien du tout, t'arrête pas de m'embêter !

— Écoute, Marie !

— Avec la télé t'as qu'à pas m'embêter !

— Bon d'accord ! Alors où elles sont ?

— Ben je crois que maman les a mises sur le radiateur.

— Attends, j'vais voir !

Je cours jusqu'au radiateur où on met les trucs à sécher, elles sont là !

— O.K., ça va, je les ai. Salut !

Je retourne devant la télé, j'ai raté la fin de l'épisode. Je change de chaîne mais c'est nul. J'éteins. Et si je téléphonais à Marion ? J'appelle et elle me dit que sa mère n'est pas là, alors je lui demande d'attendre et je vais chercher deux coussins pour bien m'installer parce que quand sa mère n'est pas là on discute plutôt long-temps...

— Alors ? Ça va ? Où t'en es ?

— Ma mère a fait ma valise, t'imagines une valise !

C'est vrai que c'est dur et je ne sais vraiment pas quoi répondre. J'ai une idée :

— Tu peux pas demander à venir dormir à la maison, tu dis que c'est parce que c'est plus près, que ma mère nous accompagnera en voiture à l'autocar, et comme ça on laisse ta valise chez moi, tu retires ce que tu veux pas et tu prends juste ton sac à dos...

— Et au retour ?

— Quoi au retour ?

— Au retour ils viendront me chercher et j'aurai pas ma valise...

— Ah ouais, j'avais pas pensé à ça !

— De toute façon, tu sais bien qu'ils veulent pas que j'aille dormir chez toi...

— Essaie quand même, si t'essaies pas...

— J'entends ma mère qui rentre, bon alors à demain !

Elle a raccroché ! C'est pas vrai !

— Maman !

— Oui ?

Je vais la retrouver dans la cuisine, histoire de discuter un petit moment. Elle me dit que je pourrais peut-être me laver la tête... Ça c'est pas une mauvaise idée ! Dans la salle de bains, tout en cherchant le flacon de shampooing, j'ouvre le tiroir où il y a des trucs de maquillage ; j'aime bien essayer les crayons pour les yeux. Juste au moment où je commence à me tirer la paupière droite, Marie entre. Je lui demande ce qu'elle vient faire, et là, super gonflée, elle me répond qu'elle va prendre un bain... le met à couler et s'en va. Alors là, non ! Choisir le moment où j'allais me laver la tête, faut quand même pas pousser ! Je ferme le robinet, je me déshabille à toute allure et quand elle revient, les bras chargés de Barbies — ça je l'avais prévu — j'ai déjà la tête dégoulinante au-dessus de la baignoire et le flacon de shampooing à la main. J'entends qu'elle braille, mais comme je laisse couler l'eau, je ne sais pas ce qu'elle raconte et je ne réponds rien. Bizarre, elle ressort et je peux me laver la tête tranquillement. Je rebouche le flacon, je ferme le robinet, j'étreins mes cheveux et, les yeux à demi fermés, je cherche à tâtons une serviette de toilette. Tiens, il n'y en a pas.

Je fais un pas jusqu'au lavabo pour attraper celle qui y est d'habitude. Rien. Avec le gant de toilette je m'essuie les yeux, et ce que je vois c'est qu'il n'y a *aucune* serviette de toilette dans toute la salle de bains. J'ouvre la porte et je crie : « Marie ! » Pas de réponse. Je crie plus fort et maman arrive.

— Qu'est-ce qu'il y a ?

— Marie a pris *toutes* les serviettes !

Maman regarde.

— Mais où sont passées les serviettes ?

— Je te dis que c'est Marie !

— Oh ! Laure, arrête. Pourquoi Marie aurait-elle pris *toutes* les serviettes ?

— Ben pour m'embêter, tiens ! J'étais en train de me laver la tête quand elle est venue en disant qu'elle voulait prendre un bain...

— Mais c'est moi qui le lui ai dit, je croyais que tu avais fini depuis longtemps. Ça fait une heure que tu es dans la salle de bains...

Évidemment Marie arrive.

48

— C'est pas vrai. C'est pas vrai. Elle était en train de se maquiller. Elle a fait exprès de...

— Bon, vous arrêtez de vous chamailler toutes les deux. Marie, va chercher les serviettes.

— C'est dégoûtant, c'est dégoûtant.

Là-dessus, elle se met à pleurer. Oh là là, qu'est-ce que c'est pénible ! Et pendant ce temps-là mes cheveux dégoulinent. Marie part en claquant la porte. Maman soupire et part derrière elle. Faut toujours qu'elle la console... Et moi ? Tant pis, je m'en fous, je vais chercher une serviette propre dans le placard, je me frictionne et je commence à me sécher les cheveux.

Maman revient avec les serviettes de toilette. J'éteins le séchoir.

— Écoute, Laure, tu n'avais qu'à te laver la tête avant, et puis tu n'as pas à sortir une serviette propre et à mouiller toute l'entrée sous prétexte que...

J'attends qu'elle ait fini et je remets le séchoir en route. Y a des fois où j'en ai marre !

Maman nous appelle pour le dîner. Déjà ! Mais quelle heure est-il ? Je vais chercher ma montre que j'ai posée sur le bureau de Marie. Bon, ça va, elle y est encore. Sept heures ! Je crie :

— Il est sept heures, on dîne déjà ?

Pas de réponse. J'enfile mon sweat-shirt et j'arrive dans la salle de séjour. Je redemande :

— Mais pourquoi on dîne si tôt ?

— Parce que je voudrais que tu te couches de bonne heure figure-toi. Dois-je te rappeler que le car part *à six heures,* et qu'il faut se lever à cinq heures ?

— O.K. ! O.K. !

Je mets le couvert tranquillement sans dire que, de toute manière, c'est sûrement pas à huit heures du soir que je vais pouvoir m'endormir, puis, tout à coup, je m'aperçois que Marie n'est pas là. Je file la chercher dans sa chambre.

— Dis donc, le couvert !

— J'arrive, j'arrive.

— Te presse pas, surtout !

— Pourquoi je me presserais, c'est toi qui pars c'est pas moi...

Maman nous appelle de nouveau.

— Mais qu'est-ce que vous fabriquez ? Vous ne pouvez pas vous presser un peu pour une fois. Allez, finissez de mettre ce qui manque sur la table et asseyez-vous.

Marie :

— Tu sais, ma grande sœur chérie, tu vas me manquer pendant ces trois jours...

— C'est ça, c'est ça...

— Et moi, est-ce que je vais te manquer ? Tu viendras me faire un bisou demain matin avant de partir ?

Je regarde en coin la tête qu'elle fait. Je vois qu'elle le dit pour de vrai et je lui fais un bisou tout de suite. On rigole. Qu'est-ce que je suis contente...

On débarrasse rapidement la table et, sans

attendre que maman le dise, on part dans nos chambres. Dans la salle de bains, pendant qu'on se lave les dents, avec Marie on s'envoie de l'eau et je hurle parce que je ne veux pas qu'elle me mouille les cheveux.

— T'es belle, tu sais, me dit Marie. Est-ce qu'Alexandre te trouve belle ?

— Oh, hé, ça va !

— Non, mais dis-moi !

— Arrête, Marie.

— Est-ce qu'il va t'embrasser ?

— Occupe-toi de tes fesses...

— Tu me diras comment ça fait, quand on embrasse ?

— Si tu m'embêtes, je te rapporterai pas de cadeau !

— Tu vas me rapporter un cadeau ? T'as de l'argent ? Tu veux les cent francs que grand-mère m'a donnés ?

— Non, t'es sympa, maman m'en a donné.

— J'te les donne si tu veux...

Maman arrive.

— Vous n'êtes pas encore couchées ! Allez, allez au lit maintenant !

Il est huit heures vingt. Je ne vais jamais pouvoir m'endormir...

J'allais éteindre quand maman passe la tête par la porte de ma chambre.

— Allez, bonne nuit, à demain CINQ HEU-RES ! Dors bien.

Jeudi

J'entends un drôle de bruit. Je me retourne pour me rendormir. À nouveau le même bruit... Je ferme très fort les yeux pour que le rêve cesse et j'enfouis la tête dans mon oreiller.

— Laure, Laure !

Cette fois-ci je n'ai pas rêvé. J'ouvre les yeux. Je m'assois dans mon lit. Je regarde la fenêtre : il fait jour.

Je tourne la tête. Maman est là, assise par terre, appuyée contre le mur, au pied du lit. Elle murmure encore « Laure » puis elle éclate en sanglots.

— Il est sept heures. Je ne me suis pas réveillée. Sept heures. C'est fichu, il n'y a plus rien à faire, c'est fichu !

Ça se passe si vite que je ne sais pas si je réalise. Je crois que je comprends mais ce que je ne comprends pas c'est pourquoi maman pleure, pleure comme jamais je ne l'avais vue pleurer. Je dis :

— T'inquiète pas, c'est pas grave.

— Je ne sais pas si c'est le réveil qui n'a pas sonné ou si je ne l'ai pas entendu...

Je répète :

— C'est pas grave, c'est pas grave.

— Si au moins il était six heures, on aurait pu essayer. Ils ont peut-être attendu jusqu'à six heures et demie. Mais sept heures, c'est fichu, fichu !

Je me lève, je la serre dans mes bras, je l'embrasse, je répète : « Je t'assure, c'est pas grave », mais elle sanglote toujours. Je cherche un mouchoir sous mon oreiller, je reviens, je l'embrasse encore. Elle se lève. Elle me dit :

— Recouche-toi puisqu'on ne peut plus rien faire. Recouche-toi.

Elle sort de la chambre. Je l'entends qui se mouche dans la salle de bains. Je me recouche, la tête vide. Je vois son visage couvert de larmes. Je me répète « c'est pas grave ». Le regard dans le vague, je distingue peu à peu l'autocar, Marion, Alexandre, le départ. Je flotte, je somnole, je vois des images comme dans un rêve, certaines floues, d'autres très nettes. Je finis par me lever. Dans la cuisine, maman prépare le petit déjeuner. Elle a les yeux gonflés, le visage bouffi. Elle me regarde :

— Mais qu'est-ce qui a pu se passer ? Je n'ai rien entendu, rien ! Tout à coup je me suis

54

réveillée. J'ai vu qu'il faisait jour. J'ai regardé le réveil. J'ai bondi... mais c'était trop tard !

Ses yeux à nouveau s'emplissent de larmes. Je regarde la pendule. 7 heures 35.

— Il faut réveiller Marie.

— Oui, c'est vrai. Vas-y... Avec tout ça j'allais oublier...

Je réveille doucement Marie en lui expliquant ce qui s'est passé. Elle a l'air de ne pas y croire et, une fois encore, je répète : « C'est pas grave ! » Elle se lève, me serre dans ses bras et nous restons comme ça, puis je lui dis qu'elle va être en retard, qu'il faut qu'elle aille prendre son bain que je vais lui faire couler. Quand elle est dedans, je lui apporte deux Barbies et lui dis de leur faire un shampooing, mais vite. En sortant, je rajoute encore « ne traîne pas trop, tu vas être en retard » et je retourne à la cuisine.

Maman est assise. Elle regarde son bol de café. Elle me demande distraitement ce que je veux manger. Sans répondre j'ouvre le frigo, j'attrape un yaourt et je m'assois en face d'elle. Elle me propose des tartines. Pourtant elle sait bien que je ne mange qu'un yaourt le matin. Elle parle comme pour elle-même :

— J'étais si contente pour toi... C'était chouette, avec tes copains... Ça fait des semaines que tu attendais ça. Jamais ça ne m'est arrivé et juste aujourd'hui... Je ne comprends pas ce qui s'est passé. Si au moins j'avais pu téléphoner, dire qu'on attende. Quand je me suis levée, il n'y avait plus rien à faire...

— Mais maman, c'est pas grave, je t'assure. Ce sera pour une autre fois...

— Tu étais tellement contente, j'étais tellement contente pour toi... Comment ça a pu se passer ?

Je vois qu'elle se retient encore de pleurer. Elle se lève et met son bol dans l'évier. Puis elle se retourne brusquement, regarde la pendule.

— Et Marie ?

— Elle est dans son bain.

— Vite. Il est huit heures.

Elle sort de la cuisine en courant. Moi, je reste là devant mon yaourt. Je racle le fond avec la petite cuiller. Je regarde l'évier, les placards, la cuisinière, le frigo, la table avec la toile cirée blanche. Je la trouve belle notre cuisine : un sol bleu, le grande lampe blanche, les boîtes d'épices sur une petite étagère. C'est drôle, je crois que je me sens bien.

Marie arrive dans la cuisine. Je lui tends son yaourt au chocolat, je lui demande si elle veut des petits gâteaux et, comme elle fait signe que oui, je vais en chercher dans le placard. J'ouvre le paquet. Elle sourit : c'est ceux qu'elle préfère. Je la regarde manger puis je bondis.

— Où tu vas ?

Je reviens en courant, je lui montre mes deux paquets de Treets et je lui en mets un dans chaque poche. Elle me regarde d'une étrange façon. Moi aussi je la regarde. C'est drôle comme tout d'un coup je m'aperçois que je l'aime.

Quand Marie part en criant « à ce soir », nous nous retrouvons toutes les deux, maman et moi. Dans la salle de bains, pendant qu'elle se douche, je me lave les dents. J'hésite.

— S'il te plaît, je ne voudrais pas aller au lycée...

— Au lycée ?

— Ben oui, ceux qui ne partaient pas, il fallait qu'ils aillent en cours...

— Tu ne me l'avais pas dit.

— Ben non, puisque...

— Et tu ne veux pas y aller ?

— Oh non, s'il te plaît.

Elle réfléchit.

— Bon, mais qu'est-ce que je vais dire ? Il faut que je fasse un mot ?

— Je ne sais pas. Tu peux dire que je suis malade...

— Mais qu'est-ce que tu vas faire pendant ces trois jours ?

— Je vais rester là, bouquiner, écouter de la musique.

— Bon, d'accord.

Elle hésite, me sourit. Je la regarde. Il me vient le mot « désemparée », je ne l'ai jamais vue comme ça. Ou alors peut-être quand j'étais petite, quand elle a quitté papa, mais je ne m'en souviens pas bien. Pourtant son visage comme ça... pas comme ça, comme s'il allait devenir comme ça... je le vois. C'est flou, très ancien, ce n'est pas un souvenir, c'est... caché, enfoui. Pas au fond de ma mémoire, je cherche, non pas au fond de ma mémoire. Ce n'est pas une image c'est une sensation. Je crois que ça n'a pas eu lieu, jamais, en tout cas pas vraiment. Ce qui est resté en moi, ce sont de légers nuages, des filaments qui maintenant remontent, se développent, m'envahissent. Ce visage-là je l'ai vu je ne sais pas quand, mais avant aujourd'hui. Et maintenant, tout au fond de moi je sens que je m'attendais à ce qu'il apparaisse.

— Maman !

Aucune réponse. Je regarde autour de moi. Elle est sortie de la salle de bains sans que je m'en aperçoive. Je ne sais pas quoi faire. Je ne sais pas s'il vaut mieux que je sois avec elle ou si elle préfère être seule. Je vais dans ma chambre.

Au bout d'un moment, elle frappe à ma porte, passe le tête et me dit très doucement qu'elle part, qu'elle sera là vers midi. J'ai à peine le temps de faire oui de la tête que déjà elle est sortie.

Je quitte ma robe de chambre et je me remets dans mon lit. J'attrape le livre qui est à côté de moi mais impossible de lire. Je pense à maman. Pourquoi est-ce qu'elle s'est mise dans cet état ? Mais pourquoi ? Maintenant je l'entends dire ce qu'elle m'a dit bien des fois mais auquel je n'avais pas vraiment prêté attention : « C'est la goutte d'eau qui fait déborder le vase... » Je me répète plusieurs fois « la goutte d'eau... » Il me semble que je comprends un peu mais pas complètement : pour qu'un vase déborde il faut qu'il soit plein... Alors maman... Des fois, je sais bien qu'elle est fatiguée, mais... En plus, cette fois-ci c'est pas un ennui qui lui arrive à elle. C'est pas comme si c'était elle qui avait raté l'autocar... J'essaie de réfléchir puis, tout d'un coup, c'est comme un déclic : « Tu étais tellement contente, j'étais tellement contente pour toi... » Elle a dit ça. Exactement ces mots-là ! Alors, pour elle, c'est pire que si c'était elle qui avait raté l'autocar ? C'est pire ? Maintenant j'ai envie de pleurer et, d'ailleurs, j'ai beau essayer de me retenir, je sens que mes larmes dégoulinent. C'est terrible parce que je ne sais même pas pourquoi je pleure, mais c'est plus fort que moi, je sanglote et je n'arrive pas à m'arrêter. J'essaie de me calmer en me répétant « mais c'est pas grave, mais c'est pas grave ». Au lieu de me calmer, ça me fait pleurer de plus belle. Je ne sais pas combien de temps ça dure et finalement je me lève pour aller me moucher. Dans la glace de la salle de bains, j'examine ma tête et tout à coup je me demande quelle heure il peut être. Où est ma montre ? Je fonce dans ma chambre : midi moins le quart ! Dans un quart d'heure maman sera là ! Il ne faut surtout pas qu'elle voie que j'ai pleuré ! Je me précipite pour faire couler l'eau froide dans le lavabo et j'y plonge ma tête mais, quand je la ressors, ça n'a presque rien changé. Que faire ?

J'ai une idée : tant pis si les gens me regardent dans la rue, je vais aller acheter du pain, l'air frais peut-être... J'attrape mon blue-jean, mon tee-shirt, mes baskets, je m'habille à toute allure et je file. Je viens juste de claquer la porte quand je m'aperçois que j'ai oublié mes clés. Il ne manquait plus que ça ! Bon, je me dis que je vais aller chercher l'autre trousseau chez la voisine, ce ne sera pas la première fois, mais heureusement je repense à ma tête. Ah, là, là ! celle-là si elle voit que j'ai pleuré ! Je l'entends d'ici : « Eh bien ma chérie, mais qu'est-ce qui t'arrive ? Si tu as du chagrin... » etc., etc. Comme elle m'a vue toute petite, elle a juste oublié que j'ai maintenant treize ans et elle me parle encore comme à un bébé ! Bon, allez, tant pis, je laisse tomber, maman sera sûrement là quand je reviendrai.

Je vais acheter le pain et je fais un petit tour. Dans les vitrines je regarde ma tête mais on ne voit pas bien. Tout en marchant, je me frictionne tour à tour l'arrière de chaque oreille, c'est Marion qui m'a dit que ça faisait je ne sais pas quoi au sang et que comme ça on ne voit pas que l'on a pleuré. J'ai encore jamais essayé. Si ça pouvait marcher ! Bon, allez, je rentre.

Je sonne à la porte et aussitôt j'entends une galopade. Maman ouvre la porte précipitamment et, alors que je m'apprêtais à m'excuser d'avoir oublié mes clés, elle me dit presque en criant :

— Mais où étais-tu ?

Je la regarde, elle a l'air affolé.

— Ben, j'étais allée acheter du pain...

— Ah ! bon ! Tu m'as fait peur !

— Peur ?

Je vois qu'elle fait tout ce qu'elle peut pour se reprendre, puis elle dit en me serrant dans ses bras « excuse-moi, excuse-moi » !

Je reste dans ses bras, je l'embrasse moi aussi, et l'envie me reprend de pleurer. Je relève la tête et je vois qu'elle aussi... Alors, je l'entraîne dans la salle de séjour et là, blottie contre elle sur le canapé, je lui dis que je l'aime, que je l'aime, que c'est pas grave, qu'elle doit pas s'inquiéter. Et puis, comme je vois qu'elle peut pas s'empêcher de pleurer alors je passe mon bras autour de son épaule et je la tiens serrée contre moi comme un petit enfant. Elle murmure encore : « Comment ça a pu se faire ? pourquoi je ne me suis pas réveillée ? », et moi je répète en embrassant ses cheveux « c'est pas grave tu sais, c'est pas grave... » Puis, sans rien dire, nous restons ainsi un long moment sans bouger. Moi, je me dis que c'est pas de sa faute, que j'aurais dû mettre mon réveil, que ça peut arriver, que... mais je sens que lui dire tout ça ne servirait à rien, qu'il vaut mieux ne rien dire, peut-être plus tard mais pas maintenant.

Sa tête bouge puis elle la redresse complètement, passe sa main dans ses cheveux, se lève et me dit :

— Qu'est-ce qu'on va manger ?

Exprès je réponds :

— Des spaghettis à la tomate...

Je l'observe, elle n'a pas compris. Puis tout à coup :

— Et ton régime ?

Je ris. Elle, elle n'arrive pas encore à rire mais elle sourit.

— Oh ! m'man, pour une fois !

Elle hésite puis, ça y est, je vois que j'ai gagné :

— Pour une fois ! Toujours des entorses, toujours des entorses !

Alors là, j'y vais franchement :

— Bah ! Ça vaut mieux qu'une jambe cassée !

Cette fois-ci elle éclate de rire. C'est bête, je me sens heureuse, heureuse, mais je ne sais pas comment lui dire. Je la regarde. Elle doit le voir sur ma figure car elle dit :

— Bon, allez, pour une fois...

Et on éclate de rire toutes les deux. Peut-être pas tout à fait comme d'habitude, pas tout à fait autant, mais quand même.

— Trop cuits ces spaghettis, dit-elle.

— Pas du tout, je réponds.

Elle fronce les sourcils.

— D'abord on ne dit pas de mensonges, ensuite on ne parle pas la bouche pleine !

— C'est çui qui dit qui l'est !

— Laure !

— Toi aussi t'avais la bouche pleine !

— A moitié seulement, à moitié !

Cette fois-ci, ce sont ses yeux qui rient, j'adore quand elle a les yeux qui rient. Vite, elle redevient sérieuse.

— Qu'est-ce que tu vas faire cet après-midi ?

Je n'en ai aucune idée et pourtant il faut que je trouve quelque chose.

— Je vais dessiner.

— Dessiner ?

— Oui, le prof nous a donné un truc super à faire...

— C'est quoi ?

— Ah ! C'est un secret. Tu verras ce soir !

— Tout l'après-midi ? Vers cinq heures, tu pourrais téléphoner à Camille. Elle hésite, puis reprend d'une voix triste : elle, comme elle n'est pas au même lycée que toi, elle sera sûrement rentrée vers cinq heures... Vous pourriez aller au cinéma.

Je n'ai pas du tout envie de voir Camille, mais alors pas du tout. Mais je sens bien que ce n'est pas ça qu'il faut dire, alors je lance :

— Oui, c'est une bonne idée. Je l'appellerai.

On mange du fromage, on finit le repas avec une mandarine, je débarrasse la table et maman repart. C'est seulement quand je suis dans ma chambre, que je me mets à penser au voyage. Il est deux heures. Où sont-ils maintenant ? Est-ce qu'ils ont fini de déjeuner ? Et Marion ? Qu'est-ce qu'elle pense ? Elle doit se dire que je suis malade... Si j'étais à sa place c'est sûrement ce que je penserais. C'est drôle, alors qu'il y a quelques jours j'arrivais très bien à imaginer plein de trucs, maintenant je ne vois plus rien. Je prends mon livre, je commence à lire et je m'endors.

Lorsque je me réveille, j'ai la sensation d'avoir rêvé mais c'est tout, je ne me souviens de rien. J'attrape ma montre coincée entre mon matelas et le rebord de mon lit : presque quatre heures... J'ai largement le temps de prendre un bon bain. Enfin... largement c'est beaucoup dire puisque Marie rentre à quatre heures et demie...

Pendant que le bain coule je me regarde de près dans la glace, je fais des grimaces, tire sur la peau, l'examine de près : pas de points noirs en vue, tant mieux ! Malgré tout, je m'enduis d'une crème hypoallergique à la pêche que j'ai achetée avec mon argent de poche car maman trouve que, compte tenu de ma peau, c'est inutile. Là-dessus nous ne sommes pas du tout d'accord. D'ailleurs la pub le dit : cette crème est *préventive*. Ça dit bien ce que ça veut dire ! Bien sûr, si les points noirs apparaissent il y a d'autres produits de la même marque extrêmement efficaces, mais moi je préfère ne pas en arriver là. Maman dit que je commence à comprendre « le mécanisme » de la pub, mais que sur certains points je me fais encore avoir : les points noirs par exemple. Elle dit ça en rigolant, mais moi ça ne me fait pas rire. Je trouve que je suis très consciente et que ce n'est pas parce que j'achète un produit *dont j'ai besoin* que je suis prête à acheter n'importe quoi ! À part les sodas, les nouveaux yaourts, les shampooings, les collants et les tennis, le reste je m'en fiche complètement. Un peu les surgelés aussi, mais ça c'est parce que c'est super pratique. Les spots télé ont beau être super, moi ça ne m'influence pas du tout. C'est comme la mode, *elle* dit que d'une manière ou d'une autre tout le monde suit la mode. Pas du tout ! Moi ça m'est parfaitement égal. Je fais *uniquement* ce qui me plaît : si je porte du noir c'est parce que *j'aime* le noir, pour les jeans et les tennis, pareil, c'est parce que ça me plaît *à moi* ! Mais ça, y'a rien à faire, elle rigole et n'en démord pas. Quand elle dit : « Ça viendra, ça viendra, tu finiras par comprendre... » elle oublie complètement que j'ai treize ans. TREIZE ANS ! Et ça m'énerve !

Le bain ! Oh ! là là ! Il était temps ! Je me déshabille et je saute dedans.

C'est là que mon rêve revient. C'est la nuit, j'ai dû me réveiller et je cherche maman. Elle est devant la télévision et je me demande ce qu'elle regarde parce que l'image saute sur l'écran. Ça doit être la vieille télé noir et blanc que nous avions dans l'autre appartement quand j'étais petite... Elle me tend les bras et je grimpe sur ses genoux, je la serre très fort. Après, c'est bizarre, je suis avec elle dans la cuisine, elle devant l'évier, de dos, et moi assise à table, elle me dit de manger mais je n'ai pas faim, alors elle vient vers moi et me dit : « Tu n'as pas faim ? tu veux autre chose ? » Je fais non de la tête et elle soupire. Elle a l'air fatigué. Elle me dit d'aller jouer et je pars de la cuisine pendant qu'elle débarrasse la table. Puis je suis avec papa, je sais que le bébé est né, que c'est une petite sœur et je demande quand je la verrai ; il joue avec moi et il répond « bientôt, quand maman rentrera mais pas avant parce que les bébés risquent d'attraper des maladies ». Comme moi je sais bien que je n'ai pas de maladie, je lui dis : « Mais moi je n'ai pas de maladie. » Il m'explique alors plein de trucs que je n'écoute pas et je répète que je veux voir ma petite sœur... Puis je mets de la crème sur la figure de maman qui est toute rouge. Elle rit. Nous sommes à la plage et elle m'enfonce sans cesse un petit chapeau blanc que je déteste sur la tête ; elle aussi me met de la crème sur la figure et sur les épaules, elle dit qu'heureusement je n'ai pas sa peau mais qu'il faut quand même faire attention aux coups de soleil. Je joue à faire un château de sable, je l'appelle mais elle ne répond pas, alors je cours jusqu'à elle, elle est allongée sur une grande serviette de bain, le visage tout boursouflé malgré la crème. Je crie « maman, maman » et pendant un moment qui n'en finit pas elle ne bouge pas. J'ai peur. Puis elle se redresse, me demande ce qu'il y a. Je ne sais plus. Elle me regarde avec inquiétude, elle répète sa question. Sans rien dire, je l'entraîne avec moi vers le château de sable.

— Ah ! Tu es là !

Je refais surface : ça y est, Marie est rentrée !

— Oui, et alors ?

— Tu ne t'es pas ennuyée ?

Oh ! Ça va pas recommencer ! Oh non ! J'essaie de garder mon calme :

— Ben, non, pourquoi ?

— Ben, parce que...

Je la regarde en la fusillant du regard. Je vois bien qu'elle a dit ça gentiment mais quand même...

— Écoute, Marie, on ne parle plus de ça, d'accord ?

— D'accord !

Elle sort en refermant la porte.

— Marie !

Elle ne revient pas.

— Marie !

Elle arrive au bout d'un moment en traînant les pieds.

— Qu'est-ce qu'il y a ?

— Tu comprends, ça embête maman que j'ai raté le départ, alors c'est pas la peine d'en parler, tu comprends ?

Elle me regarde en secouant la tête.

— Alors, t'as compris ?

Elle hurle :

— Oui, j'ai compris. Tu me prends toujours pour une nouille. Toujours ! Toujours !

Elle part en claquant la porte. Je sais bien qu'elle est partie dans sa chambre pour pleurer. J'hésite, puis je sors du bain, je m'essuie en réfléchissant. Bon, j'y vais.

Marie est allongée sur son lit, elle sanglote la tête enfouie dans son oreiller, on dirait un bébé. C'est vraiment encore un bébé ! Je luis dis :

— Allez, allez, t'inquiète.

Elle relève la tête en reniflant.

— Tu me prends toujours pour un bébé, c'est toujours pareil...

— Mais non, mais non.

— Si ! J'en ai marre !

— Allez, calme-toi. Maman va bientôt rentrer, si elle voit que t'as pleuré...

— J'ai pas pleuré...

— Allez, Marie...

Je lui tends un mouchoir, elle se mouche mais les larmes coulent encore. Je me penche pour l'embrasser, elle me repousse.

— J'en veux pas de tes bisous.

— Alors qu'est-ce que tu veux ?

— Rien, laisse-moi tranquille !

Je me lève, je fais quelques pas. Qu'est-ce que je peux faire ? Et maman qui va arriver ! Je reviens vers elle.

— Viens, je vais te faire une coiffure et un maquillage, tu veux ?

Elle me regarde, elle voit bien que je lui tends une perche ; pour la convaincre, j'ajoute :

— Viens vite, après maman va arriver.

Elle se lève et me suit. Je sais bien qu'elle le fait pour maman. Elle dit :

— Ça se voit que j'ai pleuré ?

— Pas beaucoup.

Elle se regarde dans la glace.

— Oh ! Maman va le voir !

— Mais non, mets de l'eau froide sur ta figure avec le gant.

Elle se bassine consciencieusement la figure. Quand elle relève la tête, je plonge sur elle avec une serviette de toilette et, tandis que je l'essuie, je lui fais des bisous. Elle se laisse faire.

— Vous êtes là, les filles ?

Je fais signe « chut » à Marie, j'ouvre la porte de la salle de bains et je crie :

— Oui, oui, on est là ! Mais ne viens pas ! C'est une surprise !

J'entends :

— Alors tu ne vas pas au cinéma ?

Je crie encore :

— Non, non. Demain !

Et je referme la porte.

Marie, assise sur le tabouret, d'une main levée, me tend le rouge à lèvres. Je commence par ça puisque c'est ce qu'elle préfère, puis je lui maquille les yeux. Quand j'ai fini, elle se regarde.

— T'es belle !

— Tu dis ça pour...

— Non, non, je t'assure, t'es très belle comme ça !

Elle veut m'embrasser mais cette fois c'est moi qui refuse, à cause du rouge à lèvres. On rit !

— Vous en avez encore pour longtemps ? demande maman derrière la porte. Si je pouvais laver un pull dans la baignoire...

— On a presque fini ! Encore cinq minutes !

Je fais signe à Marie de se rasseoir et je lui

brosse les cheveux dans tous les sens. Je lui demande quelle coiffure elle veut.

— Ça m'est égal. Choisis, toi !

— Je vais te faire la natte que maman aime bien, d'ac ?

— D'ac !

Elle tient sa tête bien droite et je me retiens de lui faire des bises dans le cou. Je la trouve super belle. Elle a une nuque très fine et, quand elle bouge, je ne sais pas, ça fait comme une branche d'arbre qui s'incline doucement sous le vent. Comme un saule.

— Eh ! Tu me tires les cheveux !

— Faut souffrir pour être belle, ma vieille !

— D'abord j'suis pas vieille...

— Et ensuite ?

— Ben ensuite, j'suis pas *ta* vieille !

— Bon, allez, bouge pas, j'ai presque fini.

Maman frappe à la porte.

— Ça y est, ça y est, on arrive !

Marie se lève, se regarde dans la glace en écarquillant les yeux de contentement.

— C'est super !

— Bon, allez, vas-y.

J'ouvre la porte et j'appelle : « Maman ! » Elle est dans la chambre juste à côté. Je pousse Marie devant moi.

— Ouah ! fait maman en se levant, que tu es belle ! Mais on dirait que tu as quinze ans !

Marie éclate de rire.

— Moi j'aimerais bien avoir quinze ans !

Maman soulève Marie dans ses bras.

— Montre un peu tes yeux : rimmel et tout... Et qui t'a fait ça ?

Marie me montre du doigt.

— Eh ben dis donc ! C'est chouette des fois d'avoir une grande sœur.

Marie me fait un clin d'œil.

— Ouais, des fois, ça dépend...

On rit toutes les trois.

— Vous venez avec moi faire des courses ?

— Quelles courses ? je demande car je n'ai pas trop envie de sortir.

— Des œufs, du lait, de la farine et... je ne sais plus, la liste est dans la cuisine...

— Qu'est-ce que tu vas faire à dîner ?

— Ben, euh, je ne sais pas trop, j'avais pensé... attendez, ah ! oui, des crêpes, peut-être des crêpes...

— Houpi !

— Houpi !

Nous lui sautons au cou pour la couvrir de baisers.

— Bon, au lieu de m'étouffer, laissez-moi aller acheter ce qu'il faut. Alors qui vient ?

— Moi, dit Marie en m'interrogeant du regard.

— Non, moi je reste là, je vais commencer à préparer...

— C'est ça, dit maman, en regardant la télé...

— T'as tout compris !

Je lui fais encore un bisou.

J'adore faire les crêpes, tout : la pâte, les faire cuire, les tenir au chaud. Et puis ça sent bon...

Dans la cuisine, maman et Marie tournicotent, vont et viennent, mettent le couvert, des confitures, du chocolat et du miel sur la table. Je rouspète en rigolant parce qu'elles prennent trop de place.

— Si on te gêne, on s'en va, dit maman en attrapant Marie par la main et en faisant mine de partir.

— Non, moi je reste, dit Marie, je veux les voir sauter.

Je demande à maman :

— C'est bien la bonne poêle, celle qui n'accroche pas ?

— Oui, oui, répond maman en levant la tête.

Puis elle parle à voix basse à l'oreille de Marie, et toutes les deux se mettent à glousser.

— Qu'est-ce que vous dites ?

— Rien, rien, dit Marie en pouffant.

— Nous ? dit maman, mais rien. Tu entends des voix maintenant ?

Elles rient à nouveau. J'ai envie de rire moi aussi mais je me compose un visage sévère et je leur annonce solennellement :

— Si les messes basses continuent et si j'entends encore rire, j'arrête ! C'est bien compris ?

Elles prennent l'une et l'autre un regard

apeuré, puis Marie parle encore à l'oreille de maman. Je répète :

— C'est bien compris ?

Enfin le silence. Puis, au bout de quelques instants :

— Tu imitais quel prof, Laure ? Non, ne dis rien, laisse-moi deviner. Attends ! Le prof de maths ?

— Perdu.

— Alors lequel ?

— La prof d'anglais !

— Ah ! bon, c'est une femme ?

— Maman ! C'est une femme depuis le début de l'année, je te l'ai répété cinquante fois !

— Cinquante fois, dit maman en éclatant de rire. Oh ! non ! Quarante tout au plus ! Hein, Marie, qu'est-ce que tu en penses ?

— Moi, je le savais, dit Marie avec un air de victoire.

— Bon, alors, si vous vous mettez toutes les deux contre moi...

Elle fait semblant de bouder et Marie en profite pour lui faire un câlin.

— Eh ! Marie, look !

Pourvu que j'arrive à faire sauter la première crêpe impec, sans quoi Marie ne va pas me rater. Je prends mon élan. Hop !

— Merde ! Merde !

— Laure !

— Raté, raté, exulte Marie en applaudissant des deux mains.

Maman éclate de rire. Je la regarde en grattant la poêle car je vois bien qu'elle veut me parler mais qu'elle n'y arrive pas.

— Laure...

La voilà repartie à rire de plus belle, alors je me mets à rire aussi, en disant :

— Mais qu'est-ce qu'il y a ? Mais qu'est-ce qu'il y a ?

— Attends, dit Marie, moi je vais t'expliquer... C'est la poêle !

Mais elle ne peut en dire plus long, prise de fou rire elle aussi. Je m'assois et je regarde la poêle sur la cuisinière. Quoi ? La poêle ?

Maman finit par se calmer, enfin presque :

— Laure... C'est pas la bonne poêle, celle-là, c'est celle qui accroche...

Je secoue la tête. On dirait des enfants...

— Oh ! Je sais ce que tu penses, ce n'est plus de mon âge de faire des niches, mais c'est pas moi, c'est Marie qui...

— C'est pas vrai, c'est pas vrai, crie Marie.

— Bon, allez, c'est moi, avoue maman en s'empêchant d'être reprise par le fou rire.

J'attrape l'autre poêle sous l'évier en pensant qu'elle pleurait ce matin et que maintenant... C'est drôle. Je ne comprends pas. Je me demande pourquoi elle est si gaie ce soir, prête à rire de tout, comme s'il ne s'était rien passé. Je me retourne pour prendre la bouteille d'huile et je la regarde furtivement : elle a les yeux baissés, le visage triste, elle tortille sa serviette avec ses deux mains du bout des doigts, elle ne me voit pas, elle ne regarde rien, c'est comme si elle était dedans elle, loin... Je prends la bouteille, j'en verse quelques gouttes dans la poêle, je la laisse chauffer en tournant, avec la louche je fais couler un peu de pâte, j'attends que la crêpe cuise d'un côté et je la fais sauter. Je me retourne :

— T'as vu, Marie ?

— Non, quoi ?

— Eh ben ! la crêpe !

— Ah, non, tu ne m'as pas prévenue. Vas-y, je te regarde.

La deuxième crêpe saute parfaitement.

— Celle-là, je l'ai vue ! Qu'est-ce que t'es fortiche ! T'as vu maman ?

Je la regarde en coin. Elle relève la tête. Je sens l'effort qu'elle fait pour dire en souriant :

— Euh ! Non ! Mais vas-y !

Je recommence.

— Tu es douée, y'a pas à dire !

Je n'ai pas besoin de me retourner pour voir son visage. C'est la première fois que je le vois aussi parfaitement au son de sa voix ; en continuant de faire les crêpes, il est devant moi. Je le trouve triste mais ce n'est pas exactement le mot qui convient. C'est comme deux images superposées, l'une triste, l'autre presque gaie, mais presque seulement. Je voudrais me retourner pour voir si c'est bien ça, mais je n'ose pas.

— Alors, on mange ?

Je sursaute.

— Oui, oui, voilà, j'ai fini.

Je pose les dernières crêpes sur la table, j'enrobe les premières dans du papier d'aluminium et je les mets au four.

Je m'assois. Marie est déjà en train de tartiner la sienne de crème au chocolat. Maman mâche la première bouchée et dit qu'elles sont délicieuses. Je mets de la confiture sur la mienne mais je sens que je n'ai pas faim. Nous mangeons plusieurs crêpes en silence, puis Marie se met à raconter sa journée à l'école, maman lui répond, moi je n'écoute pas. Quelque chose s'est cassé, mais quoi ? Tout à l'heure, on riait tellement... on était si bien. Je me rends compte que je ne m'en aperçois que maintenant : si bien... C'est peut-être ça le bonheur, c'est quand on ne s'en aperçoit pas ?

— Tu as l'air bien songeuse...

Je ne réponds pas et vite j'attrape une crêpe pour me donner une contenance.

— Alors, et toi ?

— Quoi, moi ?

— Ta journée ? Tu ne t'es pas ennuyée ?

— Pas du tout.

Maman me regarde attentivement. Je sens qu'il faut que j'ajoute quelque chose.

— C'est comme les vacances...

— C'est ce soir qu'ils couchaient à l'auberge de jeunesse ?

— Oui.

— Tu préfères ne pas en parler ?

— Non, non, c'est pas ça.

— Alors, tu es triste ?

— Mais non, je t'assure.

Je cherche ce qu'il faut dire. En tout cas, ce qu'il faut, j'en suis sûre, c'est la rassurer. Pour avoir le temps de réfléchir je vais chercher les crêpes dans le four, je les mets sur un plat, j'éteins le four et je les pose sur la table.

— Tu as bien éteint le four ?

J'y retourne.

— Oui, oui, je l'avais éteint.

— Alors qu'est-ce que tu as fait ?

— Un maquillage et une coiffure à sa gentille petite sœur, répond Marie en souriant malicieusement.

Je regarde Marie : c'est vrai qu'il y a des trucs qu'elle pige très bien. Là, par exemple, super !

Maman sourit aussi.

— Oui, mais avant ?

— J'ai bouquiné, j'ai dormi, j'ai pris un bain.

— Dormi ?

— Oui, pourquoi ?

— Ben, je sais pas moi...

Maman lève la tête vers la pendule :

— Vous avez vu l'heure ? Neuf heures ! Marie, va vite te coucher...

Là encore Marie est impec, elle ne rouspète pas comme d'habitude, elle se lève, met son assiette dans le lave-vaisselle, fait un rapide bisou à maman, me dit « salut ! » avec un petit signe de la main et part vers sa chambre.

Moi je crois que je n'ai pas trop envie de discuter mais je vois que maman, si... Alors je lui dis :

— Tu t'inquiètes pour rien, c'est pas grave je t'assure, je partirai une autre fois...

Elle regarde dans le vague, puis moi, puis à nouveau dans le vague.

— Je me faisais une telle joie pour toi, ça fait si longtemps qu'on en parlait, que tu attendais ça...

Elle parle tout doucement, d'une voix lasse, comme s'il lui était arrivé un grand malheur.

— J'étais si contente... J'avais même réussi à te laisser faire, pour tes vêtements, pour ton pique-nique. Je me disais que tu étais grande, que je devais maintenant...

Son visage s'emplit de larmes. Sa main est posée sur la table devant elle, je me penche, je lui caresse la main, je luis dis « t'inquiète pas, t'inquiète pas, m'man... », mais je vois bien qu'elle ne m'écoute pas. Elle me sourit à travers ses larmes ; c'est un sourire triste, triste. Je sens que moi aussi je vais me mettre à pleurer. Je me retiens parce que... Mais enfin, pourquoi elle pleure puisque je lui dis que c'est pas grave ?

Elle continue à parler comme pour elle seule, comme si je n'étais pas là, comme s'il n'y avait personne. Elle ne s'en rend pas compte mais moi je trouve que ce qu'elle dit n'a pas grand-chose à voir avec le fait que le réveil n'ait pas sonné, qu'est-ce qu'elle va pas chercher !

— Justement moi, je voulais que tu partes, il

faut que les enfants partent. C'est difficile pour les parents... Les enfants, ses enfants, on les voit toujours petits, on voudrait les garder avec soi, contre soi... Le plus longtemps possible. Alors on les retient... Oh, c'est facile, on ne s'en rend même pas compte, on leur met des bâtons dans les roues, on se débrouille pour qu'ils soient moins bien ailleurs, pour qu'on leur manque... Moi, je voulais justement essayer de faire le contraire. Vraiment ! Enfin je croyais... Mais au dernier moment, tu vois je n'ai pas entendu le réveil... On n'arrive pas à être ce que l'on voudrait, même pour ses enfants, même pour leur bonheur... Qu'ils partent, ça au fond de soi, on ne peut pas...

Elle éclate en sanglots. Moi j'ai la gorge de plus en plus nouée. Mais pourquoi est-ce qu'elle me raconte tout ça : quand j'étais petite, elle m'a bien laissée partir en classe de nature trois semaines, pas trois jours, trois semaines ! Alors qu'est-ce qu'elle raconte ? Le réveil n'a pas sonné, bon, ben, ça arrive. C'est pas la peine d'en faire un drame ! Si encore moi je m'étais mise à pleurer, si moi ça m'avait rendue malheureuse, je comprendrais, mais là... Qu'est-ce qu'elle veut ? Que moi aussi je me mette à pleurer ? Mais j'ai passé l'âge de pleurer pour des bêtises pareilles ! Oh ! là ! là ! Je voudrais qu'elle arrête de parler, de pleurer, qu'on aille se coucher. J'ai envie de me lever, d'aller dans ma chambre et que tout ça soit fini.

— Tu veux aller te coucher ?

Elle me regarde à travers ses larmes, je vois bien ce qu'elle attend, alors je dis :

— Non, non...

Et, bien sûr, elle recommence :

— Tu ne peux pas comprendre, mais l'amour c'est terrible, tu sais. L'amour humain... Les animaux, eux, laissent leurs petits se débrouiller très vite, tout jeunes ; quand ils ont fini de téter leur mère ils s'en vont, et puis voilà, c'est comme ça... Nous, l'attachement est si fort... Plus fort que tout. On sait qu'il faut couper l'attache, le cordon, on voudrait mais on ne peut pas... on a beau se le dire, se le répéter... Faire en sorte que vous soyez libres, vraiment libres... capables de décider ce qui est bon pour vous, ce qui vous plaît, ce que vous voulez, sans vous retenir, sans vous en empê-cher, sans vous imposer nos conceptions, nos goûts, et surtout, surtout, l'idée que l'on a de votre bonheur ! C'est terrible, tu sais, c'est si difficile...

— Mais, maman, puisque tu étais d'accord pour me laisser partir. T'as pas fait d'histoires. Justement... t'es pas du tout comme certains parents qui interdisent tout. Qu'est-ce que tu racontes ! Moi je ne comprends rien...

— Tu comprendras plus tard...

— Mais pourquoi tu dis ça ?

Elle me regarde, elle voit que je commence à m'énerver. Mais c'est vrai quoi ! Qu'est-ce qu'elle raconte ? Qu'est-ce qui lui prend de tout compliquer ?

Elle me dit, presque en souriant :

— Tu me trouves complètement *chtarbée* hein ?

Je me reprends. Je souris aussi.

— Pas complètement. Juste un peu...

Maintenant elle sourit vraiment. Enfin presque.

— Et si nous allions nous coucher ?

Ouf ! Je l'embrasse et je file vers ma chambre, puis je reviens sur mes pas et je l'embrasse encore. Elle m'embrasse aussi, très fort. Je sens qu'elle est encore triste mais je me dégage parce que j'ai pas envie que ça recommence. Je crie en partant :

— Et fais de beaux rêves !

Je ferme la porte de ma chambre et je commence à me déshabiller. Zut, je ne me suis pas lavé les dents. Tant pis, pour une fois ! Dans mon lit, je commence vraiment à respirer, je prends mon bouquin et je m'engage — comme dirait je ne sais plus qui — vers de nouvelles aventures. Faut reconnaître que l'histoire n'est pas terrible mais quand même, après ce que je viens d'entendre, ça me fait des vacances...

Vendredi

Je me réveille en sursaut. Il fait grand jour : ça y est, mon réveil n'a pas sonné ! Je l'attrape : dix heures ! Je bondis, je cherche mon peignoir sans succès, j'aperçois un chausson, je l'enfile tout en cherchant l'autre des yeux. Rien ! Ça c'est encore un coup de Marie ! Tout en fulminant — elle ne perd rien pour attendre — je retire mon seul et unique chausson, je l'envoie valdinguer à l'autre bout de la chambre et j'essaie de rassembler mes esprits pour savoir ce que nous avions en première heure. Illumination : je n'ai pas cours aujourd'hui ! Quelle nouille ! Tout me revient maintenant : les autres en voyage, moi ici tranquille, super tranquille pour encore toute la journée et le weekend... De joie, je me recouche et je reste un bon moment à rêvasser. Pas un bruit dans la maison, personne ; j'adore ça. Bien au chaud sous ma couette, qu'est-ce que je suis bien ! Mais alors à un point ! ! ! Sans m'en rendre compte je ferme un peu les yeux, je somnole vaguement, j'entends les bruits de la rue, je vois la lumière du jour à travers mes paupières, pas trop forte, juste ce qu'il faut pour sentir qu'il fait jour. Je ne sais pas combien de temps ça dure. Peut-être me suis-je rendormie... Non, pourtant je ne crois pas. J'étais si bien tout à l'heure, maintenant j'éprouve une sensation bizarre. J'ouvre les yeux, m'attendant à ne voir que la pénombre ; il fait jour, autant que tout à l'heure. Ce n'est que ça... Je change de position. Je suis face au mur. Je regarde le papier peint, presque blanc, avec ses petites stries à peine visibles. Je les connais toutes : certaines sont très courtes, d'autres n'en finissent pas, je ne sais même pas jusqu'où elles vont, jusqu'à l'autre bout du monde peut-être. Il y en a qui arrivent de la gauche, de la droite, et qui, en se croisant, forment des angles pas vraiment droits, ça fait des figures géométriques et aussi des figures, de vraies figures, des visages anguleux qui me font penser à des gens. Des gens connus évidemment : là, par exemple, il y a Giscard, la bouche c'est indiscutable, n'importe qui le verrait, et puis, un peu à gauche, Chirac avec la tête tout en hauteur... À chaque fois que je les vois je ne peux pas m'empêcher de rigoler, déjà à la télé... mais là c'est encore plus super ! Pourtant, ce matin, je ne sais pas pourquoi, j'ai pas envie de rigoler, c'est drôle... Je cherche sur le mur à trouver d'autres têtes, je n'en vois pas, je ne vois que des lignes... Je me retourne de l'autre côté ; par la fenêtre j'aperçois le ciel : plutôt gris, sans nuages, uniformément gris, puis maman. J'essaie de penser à autre chose. Où sont-ils à cette heure-ci ? D'ailleurs, quelle heure est-il ? Onze heures et demie à peu près ? Ils doivent être dans l'autocar, ou dans un musée. S'ils sont dans un musée, je ne perds vraiment rien parce que moi, les musées, je préfère les voir de loin que de près. Le Louvre par exemple, de dehors ça va, les jardins, tout ça, mais dedans : oh ! là, là, quelle panique ! Je vois même pas ce qu'on peut trouver d'intéressant à ces tableaux, à ces statues, c'est vieux, c'est vieux ! Et puis tout : les couloirs, les escaliers, les gardiens, pouah ! J'espère pour eux qu'ils sont dans l'autocar... Quand je pense à tout ce qu'ils vont avoir à me raconter, c'est super, et puis... j'espère aussi qu'ils vont dire que je leur ai manqué... Mais ça, bon... on verra... (J'essaie d'y penser le moins possible pour ne pas être trop déçue.)

— Laure !

Je me lève vite fait et j'accours.

— Oui, oui !

J'ouvre la porte de ma chambre.

— Tu viens seulement de te lever ?

— Ben, euh... je me suis rendormie...

— Tu déjeunes avec moi ?

— Ben, euh... moi je prendrais bien un petit déjeuner...

— Évidemment, dit maman en souriant, mais ça ne nous empêche pas de manger ensemble.

— Non, non, j'arrive tout de suite.

Dans la salle de bains je me peigne rapidement, un peu d'eau sur la figure, et je file à la cuisine.

Maman est en train de sortir des trucs du réfrigérateur ; elle pose dans son assiette une tranche de jambon, du gruyère et, à côté, un yaourt.

— Qu'est-ce que tu veux, toi ?

— Laisse, laisse, je m'en occupe.

Je me prépare un chocolat, des tartines grillées, et je vais fouiller dans le placard où Marie cache ses gâteaux.

— Et ton régime ?

Je relève la tête. C'est vrai que j'avais complètement oublié.

— Oh ! Juste un ou deux gâteaux... Mais à partir de lundi, alors là...

— Régime draconien ?

— Draco quoi ?

— Rien !

— Dracorien ? Qu'est-ce que ça veut dire ?

— Cherche dans le dictionnaire !

Bon d'accord ! Je vais chercher le dictionnaire.

— Ça y est pas !

— À quoi as-tu cherché ? (Ses yeux sourient.) C'est pas dracorien, c'est draconien ! Et draconien ça m'étonnerait que ça n'y soit pas ! Donne.

Draconien, j'ai compris !

Évidemment, elle, elle trouve. Elle lit à haute voix :

— Draconien. Dur et tyrannique comme les lois de Dracon : *des mesures draconiennes.*

Je lève un sourcil.

— Tu m'expliques ? D'abord c'est qui Dracon ?

— Ça, je ne sais pas. Attends. Dracon : législateur d'Athènes. Le code qu'il rédigea est resté célèbre par la rigueur des pénalités prévues.

— Et alors, le rapport avec mon régime ?

— Eh bien, un régime draconien c'est un régime sans gâteaux et sans bonbons, un régime dur.

À moi cette fois-ci :

— J'ai pigé : dur, dur.

— Voilà...

Ça y est, tout est redevenu comme avant. J'adore ! Quand elle fait des astuces, des jeux de mots, c'est que tout va bien. Petite, ça ne me plaisait pas du tout, d'abord parce que souvent je ne comprenais pas et surtout parce que j'avais l'impression qu'elle se moquait de moi, même quand elle m'expliquait. Qu'est-ce qu'on est bête quand on est petit ! Maintenant je ne comprends pas toujours non plus, mais mes vannes, c'est pareil : des fois il faut que je lui explique ! Et on se pique de ces fous rires ! Je trouve ça super. C'est comme à la maison quand il y a ses amis, ils n'arrêtent pas, surtout quand il y a Patrick, Jean-Jacques et Marie (pas ma sœur, sa copine à elle). L'autre soir, ils riaient tellement qu'avec Marie (pas la copine de ma mère, ma sœur à moi) nous sommes sorties de nos chambres pour aller voir ce qui se passait et leur demander de faire moins de bruit. Ça n'a pas raté, ça les a fait rire encore plus fort. Je ne sais pas jusqu'à quelle heure ça a duré, je me suis endormie au milieu d'un de ces brouhahas...

Je lui dis tout à coup :

— Maman, t'es super !

Elle me regarde, laisse sa fourchette en l'air :

— Tiens, tu viens de faire une découverte ou tu as quelque chose à me demander ?

— Non, rien justement, demain peut-être mais aujourd'hui rien. Je t'assure !

— Eh ben !

Elle fait semblant de rien mais je vois bien qu'elle est drôlement contente. Ah, qu'est-ce que je l'aime !

Un petit moment de silence suit puis elle commence à débarrasser son assiette.

— Laisse, je lui dis, je le ferai.

Elle hésite, repose son verre.

— Bon, alors j'y vais. Qu'est-ce que tu vas faire cet après-midi ?

J'entends dans sa voix une légère inquiétude, et, coup de chance, aussitôt les idées affluent...

— Oh ! là, là, t'inquiète pas. D'abord je crois que je vais finir mon bouquin, ensuite j'ai des exercices de maths à faire pour mardi et puis j'ai envie de dessiner.

Ça je sais que ça marche à tous les coups. Elle adore que je dessine. Pourquoi ? Mystère ! Là, pourtant, ça ne marche qu'à moitié.

— Tu ne vas pas sortir ?

— Si, peut-être...

— Tu ne devais pas aller t'acheter des collants et un soutien-gorge avec des dessins de Mickey ou je ne sais plus trop quoi ?

— Des pandas !

— Ah ! oui ! Des pandas ! Bon, je te laisse de l'argent sur la table. A ce soir !

— O.K. !

J'ajoute :

— Je te ferais bien des bises mais comme j'ai les lèvres dégoulinantes de chocolat...

Avant de claquer la porte d'entrée, j'entends :

— Non, non, c'est pas la peine, garde ton chocolat ! A ce soir !

Et je me retrouve seule dans la cuisine. Encore une tartine ? Allez, encore une tartine ! Mais c'est la dernière !

Puis je commence à débarrasser tout en me demandant ce que je vais faire. Je vais même jusqu'à retirer les miettes et donner un coup d'éponge sur la table. Je jette un coup d'œil : tout est en ordre pour une fois ! C'est vrai qu'assez souvent, j'oublie... Elle a raison, je sais bien qu'elle a raison mais je n'y pense pas, je ne fais pas exprès, ça ne me vient pas à l'idée, c'est comme ranger ma chambre... Bon, quelle heure est-il ? Une heure et demie. Ça va.

Je retourne dans ma chambre. Je mets le disque de Jean-Jacques Goldman. Super. Quand il est fini je le remets encore une fois, la même face, celle que je préfère. Puis j'éteins. Qu'est-ce que je vais faire ? Les maths ? Ça, on verra plus tard. J'aperçois mon bouquin, mais non je n'ai pas du tout envie de lire ; cette histoire devient débile, c'est vraiment pas mon truc. Je ne sais pas pourquoi mais moi je trouve que souvent les livres finissent d'une drôle de façon, il ne se passe plus rien, on sait la fin d'avance, non, souvent c'est pas terrible ! Je m'allonge sur mon lit, je balance mon oreiller et je regarde le plafond. Il est fendillé juste à un endroit. Tout le reste est blanc, il n'y a que cette petite fissure au milieu. Je la connais depuis longtemps, je crois même qu'elle a toujours été là, alors pourquoi tout d'un coup ? J'ai vraiment la flemme mais quand même je me lève, je vais jusqu'à mon bureau, je m'assois et je cherche dans le dictionnaire. « Fissure. Petite crevasse, fente légère. *Fig.* Rupture : *Les fissures d'un raisonnement.* » Bon !

Je retourne m'allonger. Je vois devant moi une crevasse. Ça doit être au ski, je veux dire aux sports d'hiver. Une crevasse dans la neige : il me semble que c'était il y a longtemps. J'étais vraiment toute petite, cinq ans, six ans peut-être. J'avais une salopette rouge avec une grosse poche devant, qu'est-ce qu'elle me plaisait, surtout la poche ; mais l'anorak, bleu je crois, quelle horreur ! Et les moufles ! qu'est-ce que c'était pénible pour attraper la neige. D'ailleurs je les retirais tout le temps... Maman rouspétait et me les remettait, je les retirais, elle me les remettait ; elle finissait par se fâcher. J'ai l'impression qu'elle se fâchait beaucoup à l'époque. Maintenant ça me revient, ça devait être peu après sa séparation d'avec papa. Je cherche : non, elle ne pleurait pas. En tout cas je ne l'ai jamais vue pleurer. Je ne vois plus rien. Je me répète : jamais vue pleurer. Mes yeux croisent le plafond, la fissure est toujours là. Alors tout à coup, comme sur un écran, je vois le visage de ma mère lisse et blanc, pur comme une étendue de neige avec une crevasse au milieu. Ça démarre du front et même de plus loin dans les cheveux, et ça descend en lui coupant la figure en deux, le nez, la bouche, le menton, puis ça s'engouffre dans le cou et ça disparaît. Je ferme les yeux de toutes mes forces. Dans le noir sous mes paupières, l'image est toujours là. Rien ne bouge. L'image est fixe, faite seulement de son visage fendu.

Je me lève, je vais à la fenêtre, l'ouvre. Il y a la rue, des immeubles, des arbres. Je ne vois rien. Rien que... Puis, peu à peu, mais très lentement, j'entrevois de façon floue le crépi de l'immeuble d'en face, les fenêtres, les arbres au loin. Le flou se dissipe, je vois maintenant les détails : balcons, rideaux, gouttière, cheminée. J'ai froid. Je referme la fenêtre. Je regarde ma chambre. Assise sur mon lit, j'éclate en sanglots.

Ça dure longtemps, longtemps, je voudrais m'arrêter mais je ne peux pas. Je n'en peux plus, je voudrais mourir, je voudrais que tout s'arrête, que ce soit fini, fini. Des fois je crois mais, non, la vie ne m'intéresse pas, je suis trop malheureuse... Je m'arrête un peu de pleurer et les yeux grands ouverts, je fais le bilan : les profs n'arrêtent pas de dire que je ne suis pas au niveau, que je ne passerai sûrement pas en troisième, ma sœur ne comprend rien à rien même quand je suis sympa avec elle, maman pleure pour un oui ou pour un non, papa n'est pas là et quand je vais chez lui ça ne va pas du tout, il me raconte des trucs de sa vie auxquels je ne comprends rien et qu'est-ce que j'y peux ? Alexandre ne m'aime pas, je le vois bien, c'est pas la peine d'insister, il ne m'aimera jamais. Et puis je suis moche, et grosse... J'en ai marre, marre, marre. C'est pas possible ! Même maman ne comprend rien. Je repense au livre que j'ai lu : c'était pareil, la fille (Odile), pour elle tout avait l'air d'aller bien comme ça, mais en fait elle s'apercevait que personne ne l'aimait, qu'elle était malheureuse, qu'il n'y avait rien à faire, et même l'idée de se barrer de chez elle ça ne servait à rien. Pour aller où ? Pour faire quoi ? Comme elle était lucide elle se rendait compte que la situation était désespérée, elle avait fini par comprendre : IL N'Y A PAS DE SOLUTION !

Je m'aperçois maintenant comme j'étais bête de croire que... d'imaginer que... de rêver que... IL N'Y A PAS DE SOLUTION !

Tout mon corps est secoué, je ne sais pas comment me mettre, j'ai mal partout, j'ai même envie de vomir. Oui, j'ai mal au cœur en plus. C'est horrible ! Horrible ! Mais qu'est-ce que je vais faire ? Je me rends compte que j'ai toujours été malheureuse, qu'il a toujours fallu que je le cache, même à Marion, même à tout le monde. « Sois gentille avec Machin, pense aux autres, ne crois pas qu'il y a que toi qui... », ah ! ils m'ont bien eue ! Maintenant c'est fini ! Fini ! La vérité est là devant mes yeux, et je la regarde en face. Au moins j'ai ce courage-là. Je vois TOUT ! Fini les rêves et les illusions.

La colère monte et, du coup, j'arrête de pleurer. Ils sont tous responsables, tous. Mais pourquoi on m'a mise sur la Terre, mais pourquoi ? Qu'est-ce que je fais là ? Le lycée, les copains, les gâteaux, les vacances, tout ça je m'en fous ! Ils croient que ça m'intéresse, évidemment ça les arrange. Du moment qu'ils pensent que je suis heureuse, le reste... S'ils savaient la vérité ! Mais ils préfèrent ne pas la voir. Si je disais que je suis malheureuse, oh ! là, là, le drame ! « Comment, mais qu'est-ce qui se passe, qu'est-ce qu'il t'arrive ? Enfin réfléchis, tu as des parents, une maison, une sœur, des copains... » Je les entends d'ici... En fait, ce qu'ils veulent, c'est que je joue la comédie. « Si tu as un problème, je suis là, tu n'as qu'à m'en parler, je suis ta mère, je suis ta sœur, je suis ton amie... » Tu parles ! Et qu'est-ce que ça change ? C'est pas un problème que j'ai, j'en ai cent, j'en ai mille, je n'arrive même pas à les compter. C'est pas un truc qui ne va pas, c'est tout, TOUT ! J'ai beau essayer de chercher, IL N'Y A PAS DE SOLUTION !

J'en ai vraiment ras le bol. Je me lève et je vais me regarder dans la glace. Ça pour voir que j'ai pleuré, ce coup-ci ils vont le voir. Mais je m'en fous complètement. Alors là, s'ils savaient à quel point !

Je mets la radio : la musique est nulle. J'éteins. Je retourne dans ma chambre. Je me mets à l'exercice de maths. Comme je n'y comprends rien, que je le fasse maintenant ou plus tard... Au bout d'un moment je laisse tomber, le prof dira ce qu'il voudra, de toute façon...

Je regarde sur mon emploi du temps s'il y a quelque chose à faire. Dessin ? Il faudrait que je finisse mais justement c'est ce qui ne me plaît pas, moi les petits détails... J'attrape tout de même la feuille et je bricole quelques trucs. De toute manière, ce dessin est nul. Faut dire que comme sujet : un personnage habillé à la mode 1900... on peut pas dire que ce soit inspirant. Moi les beaux costumes et les ombrelles... Je mets quelques arbres autour, et le soleil ; comme ça, ça expliquera pourquoi la femme tient une ombrelle ! Le soleil ! On nous faisait dessiner ça en CE1... Les profs sont vraiment nuls !

Je range la feuille de dessin dans mon classeur : j'aime autant ne pas le voir ! Bon, et maintenant ? Trois heures ! Je regarde une deuxième fois, oui trois heures, c'est bien ça. Je ne comprends pas pourquoi des fois le temps passe sans que je m'en rende compte et puis là... Maman dit « il n'y a pas de réalité objective ». Ça veut dire quoi ? Rien, ça veut rien dire ! Elle dit des trucs comme ça, ça ne veut mais alors rien dire ! Je repense à mon soutien-gorge avec des pandas. Bof ! En plus, il va falloir essayer, la vendeuse va passer la tête pour voir si ça va juste au moment où... Qu'est-ce qu'elles sont chiantes les vendeuses ! J'irai une autre fois.

Je sors de ma chambre et je vais dans celle de Marie : quel bordel ! C'est inimaginable. Quand on pense qu'elle va avoir dix ans ! Moi à son âge, ça faisait longtemps que je ne jouais plus aux Barbies. J'entends maman : « Mais si, Laure, mais si ! Tu as oublié ! » Tu parles que j'ai oublié ! C'est comme ses copines, toutes débiles : à part jouer à l'élastique, ricaner, raconter ce qu'a dit la maîtresse et ce qu'ont fait les garçons... Ah ! non c'est pas possible !

Je claque la porte et je vais dans la chambre de maman. Au pied de son lit il y a un amoncellement de bouquins et de journaux ! Si c'était moi, qu'est-ce que j'entendrais ! Vautrée par terre, je tourne les pages de *Libé*. À part les concerts, je vois pas ce qu'il y a d'intéressant. Je regarde la date. De toute façon c'est passé. Si on m'avait prévenue j'aurais bien aimé aller voir Lionel Richie, mais évidemment on ne m'a rien dit. Il paraît que je suis assez grande pour m'informer. Facile à dire ! Où ? Comment ?

« Apprends à t'organiser ! » C'est ça, c'est ça

Je décroche le téléphone pour appeler Camille. Ça sonne... Pas là !

Trois heures et demie. Mais c'est pas vrai ! Cet après-midi n'en finira jamais ! J'aurais bien été au cinéma mais toute seule j'ai pas envie. Je vais chercher des gâteaux, un Coca, et je m'installe devant la télé. Depuis qu'on a le nouveau poste avec la télécommande, au moins on peut changer de chaîne toutes les cinq minutes, parce que question programme l'après-midi... Sur la Une : reportage sur les trains, merci, je passe. Sur la Deux : l'enquête de la semaine « Madame Tuperware » ; je sais même pas qui c'est ! Sur la Trois : émission sur les médias avec... Sur la Cinq : série américaine. Allez je reste sur celle-là. Maman dirait qu'elle voit pas l'intérêt. Justement moi je trouve que c'est pas si mal.

C'est fini, j'éteins. Il est bientôt quatre heures et demie et Marie va arriver. Sa chambre je vais tout de suite lui dire ce que j'en pense.

La clé tourne dans la serrure. Évidemment elle sonne. Un coup sur deux, elle n'arrive même pas à ouvrir la porte. Je me demande comment elle fait quand il n'y a personne. Elle continue de sonner. Oh là là ! Il va falloir que j'aille ouvrir.

Je tire un grand coup sur la poignée.

— Tu peux pas faire un effort pour y arriver !

— Quoi ? Non, j'y arrive pas !

Évidemment elle pose son cartable, son manteau, son écharpe n'importe où.

— Tu peux pas mettre tes affaires dans ta chambre ?

Marie me regarde.

— Et toi quand tu rentres tu fais pareil, alors ?

— Alors ! Ben, va voir ta chambre...

Elle ne répond pas et va dans la cuisine pour goûter. Je la suis.

— Ta chambre, c'est un vrai bordel !

— Et la tienne !

— La mienne elle est rangée justement !

En plus elle rigole tout en mangeant une crème à j'sais pas quoi, dégueu ce truc.

— Qu'est-ce qui te fait rire ?

— Moi, rien !

— Tu te fous de ma gueule ?

— Non, de ta tête ! DE TA TÊTE, c'est plus poli !

— Tu me cherches ?

Elle ne répond pas. C'est pire que si elle disait, je ne sais pas moi... Ça me fout dans une colère !

— T'es nulle !

— Et toi, je te dis merde !

— Marie, je...

— Quoi ? Quoi ? D'abord t'as pas à aller dans ma chambre...

Je ne sais plus quoi dire. J'en ai marre. J'en ai marre. J'ai envie de la gifler. Elle le voit. Elle pourrait se taire mais non !

— Si ça te dérange, ma chambre, t'as qu'à aller la ranger !

Je m'approche d'elle. Elle lève le bras pour se protéger. Au dernier moment, je me retiens. Je crie :

— Pauvre petite conne !

Et je sors en claquant la porte de toutes mes forces.

Dans ma chambre j'arrête pas de répéter « Quelle conne ! Mais quelle conne ! » Quand même c'est pas possible. Et maman qui m'engueule quand je la tape ! Pauvre petite chérie ! Je m'en fous puisque c'est comme ça je vais au cinéma, pourquoi je resterais là ? J'attrape ma veste en jean, et, dans la salle de séjour, le billet de cent francs que maman m'a laissé pour mon soutien-gorge.

Marie sort de la cuisine.

— Où tu vas ?

— Si on te demande tu diras que tu sais pas !

À l'arrêt d'autobus je me demande ce que je vais faire en attendant la séance. Il doit être aux alentours de cinq heures. Peut-être plus, je ne sais pas, j'ai pas ma montre. J'ai horreur de marcher, alors je risque pas d'aller me balader pendant une heure.

Arrivée devant le cinéma je vérifie que c'est bien *Subway* et l'heure de la séance.

Évidemment c'est à six heures. Heureusement j'aperçois à la pendule au-dessus de la caisse qu'il est quand même cinq heures vingt. Je ne vois vraiment pas quoi faire d'autre que

98

d'aller m'acheter une gaufre. Je me traîne jusqu'au marchand et là je fais un gros effort : je la demande au sucre et non à la Chantilly — effort qui devient ÉNORME quand je vois à côté de moi, juste à ma hauteur, une bouche démesurément ouverte qui engouffre la crème en même temps que la gaufre. Trop, c'est trop. Je vais craquer. Et en plus, le mec à qui appartient cette bouche reste là. S'il se tire pas tout de suite, je vais les bouffer : lui, la gaufre, la crème, tout !

— Mademoiselle votre gaufre !

Ah ! Oui ! Je tends une main pour l'attraper et de l'autre la monnaie. Après les hallucinations voilà maintenant que j'entends des voix (je suis peut-être en train de devenir folle). *Des* voix, non, mais au moins une.

— Si t'as pas assez pour te payer de la Chantilly, je peux te filer du fric ? D'ac ?

Ça continue, je suis sûre que je deviens folle : une main attrape ma gaufre, la tend au marchand tandis que la voix prononce très distinctement :

— Vous pouvez mettre de la Chantilly, s'il vous plaît ?

Bon, je respire un grand coup et je me retourne ; le type qui est là, plutôt grand, plutôt blond, plutôt beau, rigole franchement.

Je dis :

— Mais...

Il continue à rire, d'un rire qui s'atténue en sourire.

— Tu trouves pas ?

— Trouver quoi ?

— Ben, on se connaît, j'étais à côté de toi le jour de la bataille de farine, avec les œufs... tu te souviens pas ?

J'écarquille les yeux : dans ma tête la farine, les œufs, tout ça fait un mélange genre pâte à crêpe d'où son visage, entre les grumeaux, n'apparaît pas du tout.

— Mardi gras. T'y es ?

— Ah !

Cependant après le « ah ! » impossible d'ajouter quelque chose puisque son visage ne me dit rien du tout. Il rit encore.

— J'étais déguisé en éléphant... des vêtements gris, de la suie sur la figure et une trompe à la place du nez. Tu vois pas ?

Je le regarde encore, je fais défiler dans ma tête un certain nombre de déguisements et, enfin, entre une bonne sœur et un pompier, à côté d'un lion ou d'un tigre je ne sais plus, IL EST LÀ !

— Ah ! Je dis. Ah ! c'était toi ! Ahhh !

Il éclate de rire puis me demande si ma gaufre est bonne. Je dis oui machinalement alors qu'elle est dans ma main et que je n'y ai pas encore touché.

On se met à faire quelques pas et il me demande en quelle classe je suis. Je m'entends répondre :

— Quatrième, huit.

Et c'est à ce moment-là que je réalise que c'est un grand. Je hasarde :

— Et toi ?

— Seconde, deux.

Que répondre à ça ? La panique me prend, je ne sais plus quoi dire. Qu'est-ce que je peux dire à un grand de seconde ? Heureusement j'aperçois ma gaufre.

— Merci pour la Chantilly.

Il sourit. Re-silence.

Au bout d'un moment :

— Et tu allais où comme ça ?

— Au cinéma.

— Voir quoi ?

— *Subway*.

— Je l'ai vu, c'est super.

Il allait continuer mais je le coupe :

— Quelle heure est-il ?

Il retrousse le poignet de son blouson — beau le blouson en cuir.

— Six heures !

— Oh ! merde !

— Quoi ?

— Ben, ça commence à six heures ! Oh ! merde ! Salut !

Et je me mets à courir, à courir.

Dans la salle je m'assois sur le premier siège venu, je fourre la monnaie dans ma poche avec mon ticket (je ne sais pas pourquoi j'ai toujours peur qu'on me redemande le ticket) et je m'enfonce dans mon fauteuil en tâchant de faire moins de bruit en respirant mais je suis tellement essoufflée...

Ça pour regarder l'écran, je regarde l'écran. J'y vois un éléphant, avec des vêtements gris, de la suie sur la figure et une trompe à la place du nez. Image suivante (parfait fondu enchaîné) : un garçon, une gaufre à la main, qui me sourit. La bande son est bien aussi, c'est un rire, le rire de l'éléphant, entrecoupé de paroles, de mots, de phrases... Image suivante : l'éléphant et lui, superposés, puis distinctement : lui, lui, lui. Mon cœur cogne à deux cents ou trois cents à l'heure, peut-être plus. À la vitesse de la lumière ?

Quand la lumière se rallume, foudroyée au fond de mon fauteuil, je me laisse bousculer par les gens qui à la queue leu leu se dirigent vers la sortie. Je mets un moment à reprendre mes esprits puis, à mon tour, je me lève.

J'ai à peine le temps de refermer la porte.

— Mais où étais-tu ?

— Je l'ai dit à maman que t'avais pas voulu me le dire !

— Marie, laisse-moi parler à ta sœur s'il te plaît. Pourquoi ne dis-tu pas où tu vas ?

— Oh ! là là ! J'ai été au CINÉMA !

— Justement il n'y a pas de quoi en faire un secret !

— Ni une histoire !

— Laure !

Je fais claquer si fort la porte de ma chambre que la maison manque s'écrouler. Je retire mes vêtements à toute vitesse, j'attrape ma chemise de nuit et, au moment où je l'enfile, la porte s'ouvre.

— Qu'est-ce que tu fais ?

— Ben... je me couche...

— Mais tu sais l'heure qu'il est ? Huit heures et demie !

— Et alors ?

— Écoute Laure, on t'a attendue pour dîner. Maintenant tu viens dîner !

— ...

— Tu as entendu ?

— Oui, j'ai entendu ! J'ai pas faim !

— Alors j'ai préparé le dîner pour qui, moi ?

— T'as qu'à inviter des gens !

— Tu te moques du monde ? Tu as vu à quelle heure tu rentres ! Sans même dire où tu es ! S'il t'arrivait quelque chose...

— Qu'est-ce que tu veux qu'il m'arrive, que je me fasse violer au coin de la rue ? Eh bien, tu vois, coup de bol, c'est pas arrivé...

— Laure, ça suffit ! Tu oublies que tu as treize ans et que je suis en droit de savoir...

— De savoir quoi ? Si tu ne veux pas que je sorte, tu n'as qu'à le dire.

— Je te signale que je ne t'ai jamais empê-chée de sortir, à condition de savoir où tu vas. C'est clair ?

— Très clair ! Avec papa, ce qu'il y a de bien, c'est que lui, il complique pas tout !

— Ton père fait ce qu'il veut et moi je...

— Toi, tu m'empêches de vivre. Qu'est-ce que tu veux ? Que je reste là, bien sage comme une petite fille modèle. C'est ça que tu veux, hein ? T'as peur de quoi ? Que je couche avec un garçon ?

— J'ai peur de rien du tout. Coucher avec un garçon, mais qu'est-ce que tu racontes ?

— T'as peur de rien du tout ? T'as peur de tout, ouais !

— Mais où vas-tu chercher ça ? Depuis que je suis séparée de ton père, est-ce que je n'ai pas essayé justement de vous laisser libres ta sœur et toi, est-ce que je n'ai pas invité vos amies, emmené vos copines en vacances, alors que je suis seule, tu le sais !

— Ouais ! Ça, depuis le temps que tu le répètes, je sais. Mais si ça ne te convient pas, t'avais qu'à pas te séparer de papa... nous avec Marie, on est d'accord pour vivre avec papa !

— Laure !

— Quoi Laure ! T'es toujours en train de te plaindre !

— Justement non, je ne me plains pas. Je fais tout ce qu'il faut pour que vous ne souffriez pas de la situation.

— Eh ben, c'est raté !

— Ah bon ! Eh bien tu vas sûrement me dire ce qu'il faut faire.

— Trouve-toi un mec...

— Laure, je t'interdis de...

— Tu préfères que je me taise, hein ? C'est ça qui t'arrange. Tu te crois parfaite ?

— Non justement, je ne suis pas parfaite mais je fais tout ce que je peux : je travaille, je m'occupe de vous, je rentre à la maison en courant... Moi j'ai tiré un trait sur ma vie pour que vous...

— Pour que nous quoi ?

— Pour que vous soyez heureuses !

— Eh bien, c'est raté !

— Laure, tu arrêtes de répéter ça ! C'est ma vie qui est ratée. Je ne sais pas quoi inventer pour vous faire plaisir...

— Oh ! ça va !

— Non, ça ne va pas. Je te le demande, qu'est-ce que tu veux que je fasse ?

— Vis ta vie et lâche-nous !

— Entre mon travail et...

— Mais les autres aussi travaillent !

— Oui, seulement quand ils rentrent, il y a quelqu'un, ils ne sont pas seuls...

— Nous, on t'empêche pas d'avoir quelqu'un, comme tu dis. D'ailleurs à ton âge, c'est pas normal que t'aies pas... j'sais pas moi, un copain.

— Après ce que j'ai vécu avec ton père !

— Mais c'est du passé !

— La vie est difficile, Laure, tu ne sais pas encore...

— Ouais, tu me l'as déjà dit, j'ai treize ans, je ne comprends rien.

— Je n'ai jamais dit ça. Et d'abord, où est-ce que je trouverais le temps d'avoir un copain comme tu dis ?

— J'sais pas, moi, pendant les week-ends quand on est chez papa.

— Quand vous êtes chez votre père, figure-toi que je fais le ménage, je fais les courses, je lave le linge que vous laissez traîner...

— Si c'est que ça, on peut le laver notre linge...

— Ah ! ça ! Alors que vous ne mettez même pas vos culottes sales dans le panier à linge, depuis le temps que je le demande.

— Si tu hurlais pas quand tu le demandes, peut-être qu'on le ferait.

— Ah ! c'est la meilleure. Je hurle tout le temps, peut-être ! Eh bien, figure-toi que je suis fatiguée !

— Repose-toi !

— Laure, je ne sais pas ce qui me retient de te ficher une gifle ! Qu'est-ce que tu cherches, qu'est-ce que tu veux ?

— Tu ne comprends pas !

— Qu'est-ce qu'il y a que je ne comprends pas ? Il me semble que je comprends très bien, au contraire ; je réfléchis pour essayer de faire le mieux possible, je réfléchis à longueur de temps ! Je ne demande même pas des remercie-ments, d'ailleurs si j'attendais, je pourrais atten-dre longtemps...

— Tu veux qu'on te remercie ? Écoute,

arrête. On n'a pas demandé à venir au monde, alors...

— Je sais. C'est moi qui voulais des enfants, ça aussi c'est de ma faute !

— Arrête ! ! ! Tu ne peux pas cesser de croire que tout est de ta faute !

— C'est ce que tu viens de dire ! Dieu sait si la chose que je voulais par-dessus tout au monde c'est avoir des enfants, et maintenant voilà...

— Mais c'est pas grave !

— C'est la seule chose que tu sais dire : « C'est pas grave ». Pourtant à t'entendre, puisque je fais tout de travers !

— Mais j'ai pas dit ça. Des fois t'es super...

— Vas-y ! Passe-moi de la pommade maintenant ! Quand je fais ce que tu veux tout va bien, mais dès que je dis quelque chose... C'est comme avec ton père...

— Tu ne vas pas recommencer !

— Non je ne vais pas recommencer du moment que tout va bien pour vous, moi... Attendre jusqu'à je ne sais quelle heure sans savoir où tu es, m'inquiéter, ne pas dormir, tout ça n'a aucune importance...

— C'est pas ça...

— Si, c'est ça !

— Arrête de crier. À quoi ça sert ?

— Ça sert que je n'en peux plus. Plus ! Tu m'entends ! J'en ai marre, si tu savais...

— Faut prendre les choses autrement...

— Autrement ? Ça veut dire quoi « autrement » ? Vous laisser tout faire ? Ne plus m'occuper de rien... Qu'est-ce qu'il faut faire ? Je ne sais pas ce qu'il faut faire... Tu crois que c'est simple. Des fois je voudrais me mettre dans un trou, dormir comme quand vous étiez petites. Lorsque vous n'étiez pas là et que ça n'allait pas, je dormais. Je me levais une heure avant que vous rentriez...

— Et maintenant tu ne peux plus ?

— Non, je ne peux plus.

— Pourquoi tu ne prends pas des médicaments pour dormir, la mère d'Amélie elle en prend.

— Ça ne sert à rien.

— Et nous, avec Marie, qu'est-ce qu'on peut faire ?

— Rien.

— Mais ça ne peut pas durer comme ça...

— Qu'est-ce que tu crois que tu vas inventer ? Tu vas tout repeindre en rose ?

— Ça peut peut-être changer...

— Qu'est-ce qui peut changer ? Pour moi rien ! Occupe-toi de ta vie, tâche d'être heureuse, c'est tout ce que tu peux faire.

— M'man, tu ne comprends pas ! Écoute, je t'assure que... qu'on peut pas être heureuses si toi t'es pas heureuse. C'est ça que t'arrives pas à comprendre. Tu veux tout faire, tu veux toujours être là, t'arrêtes pas de t'inquiéter. J'sais pas, moi, sors, pars en vacances, pense pas toujours à nous...

— Je n'ai que vous.

— M'man, c'est ça qui va pas !

— Et qu'est-ce que tu veux que je fasse ? Que j'arrête le premier passant dans la rue et que je lui dise que je suis toute seule... À mon âge ! Il rigolerait !

— Mais t'as trente-cinq ans !

— Trente-six.

— Ben, c'est pas vieux.

— Si c'est vieux. Tout est fini. Mais tu as raison, il faut que je me calme. Ce n'est pas la peine de vous faire supporter...

— Ça y est : c'est pas la peine de, il ne faut pas que, je ne dois pas... T'occupe pas de ça, pense à toi.

— « Pense à toi. » Si tu savais... Heureusement encore que je vous ai.

— T'entends ce que je te dis, pense pas à nous, pense à toi.

— Mais comment veux-tu que je fasse ? Tu ne te rends pas compte...

— Si ! Maintenant je suis grande. Et même Marie elle est grande. On peut très bien se débrouiller. Tu peux nous laisser le soir pour sortir, tu peux avoir des amis...

— J'en ai...

— Oui, mais pourquoi ils viennent toujours à la maison ?

— Je ne peux tout de même pas vous laisser tout le temps, il peut arriver un accident, vous pouvez avoir besoin de quelque chose.

— De quoi veux-tu qu'on ait besoin ?

— Je ne sais pas, moi...

— Tu vois que tu ne sais pas. Faut que tu t'habitues à l'idée qu'on est grandes...

— Je ne peux pas. Ça fait si longtemps...

— Justement, ça suffit.

Tout à coup elle me regarde comme si... comme si j'étais pas moi, pas sa fille, quelqu'un d'autre.

— Comment sais-tu tout ça ?

— Ben, j'ai discuté avec Prune.

— Avec qui ?

— Prune.

— C'est qui ça ? Tu parles d'un prénom !

— Une fille qu'est pas dans ma classe. Elle a plein de problèmes. Elle est super.

— Et qu'est-ce qu'elle dit ?

— Ben, elle dit, mais y'a pas qu'elle, et puis ne te remets pas à crier, elle dit que vous n'écoutez rien.

— Qui c'est : « Vous » ?

— Ben, les parents.

— Je crois que moi justement j'essaie de t'écouter.

— Tu m'écoutes mais tu fais pas ce que je dis.

— Tu trouves que je ne te fais pas assez confiance, moi qui...

— ...

— Quoi ? Pourquoi est-ce que tu me regardes comme ça, qu'est-ce que j'ai dit ?

— T'as dit : « Moi qui... »

— Et alors ?

— Tu crois toujours qu'on te reproche des

trucs... Prune c'est ça qu'elle dit : « Dès qu'on ouvre la bouche, ils se sentent attaqués. » Mais on vous attaque pas. C'est pas ça !

— C'est quoi alors ?

— Dès qu'on dit un truc, j'sais pas moi, quand Marie me dit que je suis conne, ça fait pas un drame.

— Ah ! Ça alors c'est un comble !

— Non, C'est pas un vrai drame. C'est pas grave. Tandis que vous...

— Qu'est-ce que vous voulez ? Traitez vos parents de tous les noms et qu'on ne dise rien.

— Mais non. On vous traite pas de tous les noms justement. C'est vous qui faites comme si on vous disait des trucs pas possibles.

— Et quoi par exemple ?

— J'sais pas moi, par exemple, ce soir parce que j'ai dit que j'avais pas faim...

— Laure, j'ai fait les courses, préparé le dîner, je me suis occupé des devoirs de ta sœur en t'attendant, et maintenant pour je ne sais quelle raison qui te passe par la tête...

— Et si j'ai pas envie de dîner ? Pourquoi ça fait tout un drame ? Y'a toujours des drames, tu rigoles et puis tout à coup, on ne sait pas pourquoi, le ciel nous tombe sur la tête.

— Tu ne crois pas que tu exagères ? Est-ce que je ne suis pas la plupart du temps de bonne humeur, est-ce que je ne rigole pas avec vous ? Si tu savais le nombre de fois où je me recompose un visage en arrivant...

— Pourquoi ?

111

— Mais parce que, sans quoi...

— Sans quoi, quoi ? Si ça ne va pas, si t'es fatiguée, nous, on peut faire des trucs...

— Non. Je ne veux pas que vous ayez la même enfance que moi. Avec mes frères et sœurs plus jeunes il y avait toujours des choses à faire, toujours ! Les courses, le lavage, le repassage...

Dans le petit appartement où nous étions, pour faire mes devoirs, il fallait que j'attende que tout le monde soit couché. J'aurais voulu avoir le temps de lire, de rêver, de traîner, d'écouter de la musique. Je ne sais pas pourquoi je te parle de tout ça. Toute jeune, j'avais peut-être quinze seize ans, je me suis dit que quand j'aurais des enfants ils auraient leur chambre à eux, et puis aussi du temps, du temps à eux. Bien des années plus tard, j'ai vu un film qui s'appelait *Le Temps de vivre*. Ce titre m'est resté. Le temps de vivre : au fond je ne sais même pas bien à quoi ça correspond, c'est une sorte de rêve comme quand on regarde la mer, l'immensité devant soi, à perte de vue ; c'est si vaste, si infini que tout semble possible ; c'est peut-tre ça. Je voulais quand j'aurais des enfants leur offrir cette immensité-là. Oui, je veux vous donner ce que je n'ai pas eu : un statut d'enfant.

— C'est quoi une statue d'enfant ?

— Un. Un statut d'enfant. C'est ce que je viens de te dire : du temps pour soi, pour faire ce que l'on a envie de faire. Pas les courses,

112

le ménage, la cuisine... C'est aux adultes de prendre ça en charge. C'est à moi.

— Mais puisque ça ne marche pas !

— Comment ça ne marche pas ? Est-ce que je vous demande quelque chose ?

— Tu pourrais.

— Ah ! écoute, non, Laure. La seule chose que je vous demande c'est de ranger vos chambres et il faut voir le résultat.

— Mais tu cries.

— Évidemment. Ça fait combien de temps que je le demande ?

— Marie, tu lui fais peur !

— ...

— Je savais pas comment te le dire...

— Peur ? Peur ? Moi ? Mais elle est folle !

— C'est toi quand tu cries...

— ...

— C'est toi qu'as l'air...

— D'une folle. Eh bien, dis-le ! D'une folle !

Elle est là, assise sur mon lit, secouée de sanglots et je ne fais rien, rien. Je voudrais me jeter dans ses bras et je ne peux pas. Je ne sais pas ce qui me retient. Je détourne la tête en essayant de contenir mes larmes. C'est dur, pourquoi je fais ça ? Pourquoi je la laisse pleurer, là, toute seule, au lieu d'aller l'embrasser, de la serrer dans mes bras, de lui dire que je l'aime ? Il me revient de quand j'étais petite un passage des *Vacances* je crois, en tout cas un livre de la comtesse de Ségur : « Pleure, mon enfant, pleure, si tes larmes te font du bien. » Ça fait longtemps que je trouve ça nul, alors je ne sais pas pourquoi tout à coup je m'en souviens. Peut-être parce qu'il faut que je la laisse pleurer. Il le faut. Il faut qu'elle pleure : il n'y a que ça pour lui faire du bien. Du bien ? Est-ce que pleurer ça fait du bien ? Pourquoi quand on a mal et qu'on pleure ça fait du bien ?

Elle relève un peu la tête, la secoue, essaie de prononcer des mots qui ne sortent pas. Ils sortent avec les larmes ? Est-ce que les larmes c'est les mots qu'elle ne peut pas dire ? J'ai peur. Je ne veux pas la voir pleurer. Je crie « maman ! ». Je crie en silence au fond de moi. Je regarde par la fenêtre, le blanc, le vide. Je ne peux pas, ma vie va s'arrêter. Elle, son visage... je l'entends rire, rire... et puis derrière moi, tout à coup, ce mur écroulé. Des ruines... Je n'ose pas me retourner. Je crois que je vais rester là toujours, toujours, et mourir. Mes larmes coulent, je ne peux pas les arrêter. J'étouffe. Ce n'est pas possible... « Maman ! »

J'ai dû crier. Puis me jeter dans ses bras. Je suis contre elle. Elle me serre très fort. Je répète « maman, maman ». Je me blottis, je l'agrippe, je me fais toute petite, je rampe contre elle, je voudrais... je voudrais être dans son ventre, ne pas être née, ne pas être seule, ne faire qu'un avec elle, savoir qu'elle m'attend, qu'elle n'a pas peur, qu'elle est heureuse, heureuse ! Elle l'a tant de fois répété : « Enceinte, j'ai été heureuse comme jamais je ne l'ai été. » Et maintenant ? Pourquoi est-elle malheureuse ? Je ne veux pas. Je ne veux pas. Je la serre de toutes mes forces, je la serre, je la serre.

— Tu me fais mal, dit-elle faiblement.

— Je ne veux pas que tu sois malheureuse !

— Ne t'inquiète pas, ce n'est pas grave, ce n'est pas grave, murmure-t-elle.

Je me redresse un peu.

— Si, c'est grave !

Elle passe la main dans ses cheveux.

— C'est fini. Ce n'est rien. C'est fini. Ne pleure plus maintenant, c'est fini.

À travers mes larmes, comme dans un film au ralenti, je vois les pierres reprendre leur place, le mur se reconstruire, redevenir comme avant. Je m'approche, j'effleure chaque pierre du bout des doigts, chaque trait de son visage. Je ferme les yeux. Mes doigts sentent ce que je ne peux voir, des petites fissures, légères, imperceptibles, invisibles.

Je la regarde. La peur est partie. Je le dis parce que j'en suis sûre :

— Tu sais, tu peux compter sur moi.

Elle sourit au milieu des larmes qui sont restées. J'hésite.

— Tu me crois ?

Elle me regarde. Elle ne sait pas. Puis faiblement :

— Oui, oui, on va essayer.

J'attends. Je réfléchis. Je demande :

— Essayer quoi ?

— De prendre les choses autrement, comme tu dis. Puis, après un temps de silence : mais je ne sais pas comment.

Debout près d'elle, me sentant forte, je dis :

— Moi je sais. Tu crois qu'on a toujours besoin d'être protégées, qu'il ne faut rien nous montrer, rien nous dire... Il faut nous parler au contraire. Parce que, tu comprends, il faut y arriver, il faut que tu sois heureuse.

Elle secoue la tête, se lève, me regarde. Elle voudrait me croire, avoir confiance, mais je vois bien que non, elle ne peut pas. Pas encore.

— Tu vas voir, tu vas voir, je répète, puis, tout doucement : on va y arriver.

Elle me regarde encore, m'embrasse, me dit « maintenant il faut dormir », quitte la chambre avec, dans son visage défait, la douceur d'un sourire, léger, très faible, immense.

Je m'endors en regardant ce sourire-là. Puis j'arrive devant le marchand de gaufres, je demande une gaufre, je précise : au sucre. J'attends. La voix derrière moi, la Chantilly, je me retourne, son visage, son sourire, on marche, on marche, non pas encore : avant on reste là à côté du marchand, il rit, il parle de l'éléphant avec ses vêtements gris, la suie, la trompe à la place du nez, je cherche, il parle encore, encore, encore, je dis : ah ! Il rit, il rit puis on marche. Seconde, deux ! Oh là là, la panique : seconde, deux. Un grand de seconde, deux. Ça me martèle la tête, mais pourquoi, mais pourquoi ? On marche encore. Et puis je demande l'heure. Mais pourquoi ? Et puis je cours, je cours...

Je me réveille, me secoue. C'est terrible, terrible. Dans ma tête je gesticule pour tout balayer, tout. Je me tourne face au mur. Je veux me rendormir. Je ferme les yeux. Je les ouvre. Sur le mur... il y a l'écran. Le film commence, ça va mieux... Puis les images, je sais pas... Je sais pas ! J'arrive près du marchand de gaufres, je demande une gaufre au sucre, il est là, il me parle, il touche mon visage, le film s'accélère, il m'embrasse, je suis dans ses bras, je laisse tomber ma gaufre, d'autres rient, nous regardent, je... Il rit, il rit, il me dit : « Le jour du mardi gras, je me suis approché de toi, je voulais te parler, j'étais un éléphant, j'ai pas osé, mais maintenant... » Il ne rit plus, il me tient dans ses bras, il pose ses lèvres, moi aussi je l'embrasse, je... je...

Toute la nuit ! Ça dure toute la nuit. Quand j'entends la porte, je suis toujours dans ses bras, je...

— Laure, il est onze heures.

C'est comme si je recevais un coup sur la tête. Je vois trente-six chandelles, le ciel illuminé, la nuit éblouissante, il est là au milieu d'un feu d'artifice, en plein soleil. J'ouvre les yeux. Maman vient d'ouvrir les rideaux. Le soleil est partout, dehors, dedans, je veux dire dans la chambre et dedans moi.

— Tu te lèves ?

Je lui souris, je suis heureuse, je dis « oui oui », je saute de mon lit et cours dans ses bras. Elle se laisse couvrir de baisers, émet en riant « Tu as fait de beaux rêves cette nuit ? »

Je suis tellement heureuse, je réponds :

— Tu l'as dit Bouffi...

Et nous rions, nous rions, comme quand j'étais petite, quand je lui faisais répéter mille fois « Bouffi », c'était Bouffi qui me faisait rire. Maintenant « Bouffi » c'est une bouffée de bonheur. Je suis heureuse, heureuse. C'est pas possible !

Elle s'apprête à sortir, se ravise, me demande :

— Et, au fait, hier soir, tu es allée au ciné ?

— Ben, oui. Et puis je me suis acheté une gaufre...

— Ah bon ! Et alors ?

— Alors, il m'a proposé de la Chantilly, de m'acheter de la Chantilly et...

— Qui ça : *il* ?

— Un garçon du lycée...

— Tu le connais ?

— Non. Euh ! oui. Enfin non !

— Ça veut dire quoi ? Je n'y comprends rien. Tu pourrais commencer par le début ?

— Alors après on a marché un peu, pour le mardi gras il était déguisé en éléphant — super

118

le déguisement ! Alors après j'ai mangé ma gaufre. Et puis... et puis je suis allée au cinéma.

— Il est venu avec toi ?

— Non.

— Et tu es quand même allée au cinéma ? Qu'est-ce que tu as vu ?

— Euh ! Attends : *Subway.*

— Tu as failli ne pas trouver le titre...

— Parce que tu crois que je n'y suis pas allée ?

Elle ouvre de grands yeux.

— Pas du tout. Je te crois tout à fait !

Silence.

— Comment il s'appelle ?

— Je t'ai déjà dit : *Subway !*

— Mais non, le garçon du lycée...

— Ah ça, j'en sais rien ! J'en sais rien !

— Bon, eh bien quand madame la marquise voudra... le petit déjeuner est servi ! dit-elle en quittant la chambre.

J'enfile mon peignoir et mes chaussons et nous allons en grande pompe, bras dessus bras dessous, jusqu'à la cuisine. Œuf à la coque, jus d'orange, tartines beurrées, lamelles de gruyère, confiture. Tout y est. Je mets mes doigts dans ma bouche pour siffler d'admiration — chose qu'elle n'a jamais su faire et dont elle est très jalouse. Pour la centième fois, elle me demande :

— Dis, tu m'apprendras ?

Je me compose un air sévère :

— Je te l'ai déjà montré combien de fois ?

119

Maintenant il suffit de t'exercer ! Un peu de persévérance, que diable !

Elle essaie mais il n'en sort qu'un vague chuintement, toujours le même. Elle prend un air catastrophé, lève les bras au ciel et éclate de rire. Puis elle annonce qu'elle me laisse pour aller passer l'aspirateur, qu'un peu de ménage dans la maison ne peut pas faire de mal. J'acquiesce de la tête. En passant près du poste elle allume la radio.

— Pendant que tu prends ton petit déj, tu pourrais écouter la météo, s'il te plaît ?

Je l'interroge du regard.

— Pour savoir si le temps va se maintenir au beau ou s'il y aura des orages dans l'après-midi... Tu me suis ?

O.K. J'ai pigé.

— D'accord, je vais écouter mais comme ils se trompent tout le temps, tu sais...

— Ouais, ouais, je sais. Autant lire dans le marc de café. Au fait, tu veux du café ?

— Non, non, merci ! Dis donc t'as la frite ce matin !

— Qui moi ? Moi ?

— Ben oui, toi ?

— Ah ! moi je croyais que c'était toi !

— Moi ?

— Ben oui, toi !

On pouffe encore. Elle s'approche de moi, me regarde tout à coup gravement.

— Ça va ?

— Ouais, ça va ! Et toi ?

— Moi aussi, ça va !

Elle me laisse là-dessus. Trois secondes plus tard, j'entends l'aspirateur qui fait un bruit pas possible. Enfin, d'habitude je trouve que c'est un bruit pas possible, mais aujourd'hui, je ne sais pas pourquoi, j'ai l'impression que c'est un gros chat qui ronronne — un gros chat rassurant.

Mon petit déjeuner terminé je me sens complètement repue — « repuse » comme dirait Marie. Mais au fait : où est-elle ?

Je vais voir maman.

— Où est Marie ?

— Tiens, tu t'intéresses à ta sœur ? Qu'est-ce qui te prend ? Eh bien ! figure-toi, ma chère, qu'elle est invitée à déjeuner chez sa copine Sophie et qu'elle y reste tout l'après-midi. Super, non ?

— Bof !

— C'est le monde à l'envers ! Si elle avait été là...

— T'exagères, on ne s'engueule pas tout le temps...

— C'est vrai, pas tout le temps ! (elle sourit). Bon, et peut-on savoir ton programme de la journée ?

— Ben, euh...

— Et si on allait acheter ce soutien-gorge avec les Mickey ?

— Pandas, maman. Pandas !

— Oui, oui, bon alors, qu'est-ce que tu en penses ?

— Ben oui, on pourrait...

— À condition que tu t'habilles avant que les magasins ferment... Je te signale qu'il est treize heures et qu'à dix-neuf heures trente, ce sera trop tard !

Elle tient une de ces formes ! Super !

— Bon, dis-je d'un ton conciliant, je vais voir si je peux me presser un peu...

Dans la salle de bains, je mets la musique à plein tube pendant que le bain coule. Je me brosse les cheveux, je me lave les dents en fredonnant (pas facile ça !) puis je relève la tête pour voir dans la glace... Il est là ! Enfin non, mais quand même si. Ses yeux, son sourire, ses cheveux. Je le regarde en lui souriant. C'est lui. Lui. Lui !

Je me coule dans mon bain et nage en plein bonheur. J'atteins en quelques brasses l'île déserte où il m'attend, une île connue de nous seuls, à l'abri de tous les regards, perdue dans l'océan, avec une mer bleue, du sable fin et des cocotiers... Il court à ma rencontre à grandes enjambées qui soulèvent le sable tandis que j'atteins la plage, émergeant de l'eau comme une sirène...

— Tu es prête ?

— Oui, oui, j'arrive !

J'enjambe la baignoire, je pose les pieds sur le sable et je cours vers lui...

Je sais, je sais, je suis ici. Et les rêves ne sont que des rêves. Mais mon rêve c'est moi aussi ! Et ce rêve-là... Peut-être que ce rêve-là... Même s'il n'y a pas d'île, pas de sable, même si c'est à Paris, dans les rues, sur du béton... C'est tellement au fond de moi, tellement fort, je n'ai pas pu tout inventer.

Et si j'avais tout inventé ? Oh ! non ! Ce n'est pas possible. Je suis tellement heureuse !

— Bon, alors on y va ?

— J'arrive, j'arrive !

Je prends mon rêve avec moi, je remets les questions à plus tard et je bondis dans ma chambre. Faut reconnaître qu'elle a été patiente et que, maintenant, je ferais bien de me grouiller de m'habiller. Chouette, le téléphone ! Si c'est une copine à elle, ça va me laisser du temps... J'ouvre un tiroir, je contemple tranquillement mes culottes ; maman fait irruption.

— C'est pour toi !

Je sors de ma contemplation.

— Quoi, pour moi ?

— Ben... le téléphone !

Le téléphone ? Ah ! Bon ! Je ramasse la serviette de bain que j'ai laissé tomber à mes pieds, je m'en entoure vaguement et j'y vais.

— Allô ?

— Laure ?

— Oui. Qui est à l'appareil ?

— Mon nom ne te dira pas grand-chose, c'est Gilles...

Je cherche. Gilles, non, connais pas. Qu'est-ce que je peux dire ?

— Ben, non, je vois pas. Vous êtes qui ?

A la place d'une réponse, un rire. Alors là, j'y suis, mais en même temps, c'est comme si... j'sais pas, moi, j'y suis pas du tout, c'est pas possible !

— On s'est rencontrés hier. La gaufre. L'éléphant. La Chantilly...

Je parviens à articuler :

— Mais...

Rire de nouveau. Ah là là, ce rire... Heureusement que je suis assise par terre, je sens mes jambes se dérober à côté de moi...

— Bon, alors voilà : je me suis dit qu'hier puisque t'allais au cinéma, tu devais aimer le cinéma et que... on pourrait peut-être aller ensemble... Allô ?

— Oui, oui.

— À la séance de six heures ce soir, ça te va ?

— Oui, oui.

— Bon alors cinq heures et demie à côté du marchand de gaufres, d'accord ?

— Attends, attends.

Je mets ma main sur l'émetteur.

— Maman !

Pas de réponse.

— Allô ? Attends. Une seconde s'il te plaît.

— Maman !

Enfin, elle arrive.

— Maman, je peux aller au cinéma à six heures ? ce soir, euh, tout à l'heure, à six heures, je peux ?

Elle a l'air de ne pas comprendre. Elle hausse les épaules, les sourcils, et répond juste :

— Ben oui. Oui bien sûr !

— Allô ? Oui, oui. Oui, d'accord, je peux. Oui, à cinq heures et demie. Oui d'accord.

— O.K., à ce soir.

J'entends le déclic. Je reste avec le combiné dans la main. Hébétée, je regarde maman qui me regarde, que je regarde, et je finis par dire :

— Maman, c'était Gilles.

Elle nage toujours.

— Oui, et alors ? Qu'est-ce qu'il faut que je dise ?

— Gilles, tu comprends ! Gilles !

Je me redresse d'un bond, je l'attrape, je l'embrasse, je gesticule en tous sens, je crie : Houpi, Gilles, houpi, la gaufre, l'éléphant. Houpi !

Elle écarquille les yeux, ouvre la bouche, la referme.

— Tu vois, tu vois, toi aussi...

Et je recommence ma danse de Sioux.

— Tu te rends compte, tu te rends compte !

Ça y est, elle y est.

— Si je me rends compte ! Maintenant j'y suis : la gaufre, l'éléphant, tu penses si je me rends compte ! ! ! Tiens, pour bien réaliser je vais même m'asseoir.

Elle s'assoit. Je vois le bonheur dans ses

yeux. On est l'une contre l'autre. Tout d'un coup j'y pense :

— Et toi, pourquoi tu te remaries pas ?

Un ange passe mais pas longtemps.

— Moi, euh ! (Elle regarde sa montre.) En tout cas aujourd'hui j'ai pas le temps. Avec tout ça il est quand même trois heures et si on veut être de retour à cinq heures pour ton rendez-vous, le temps d'acheter ton soutien-gorge avec des Mickey...

— Des pandas, maman. Des PANDAS !

Biographie

Hélène Tersac est née à Paris en 1946. Auteur d'une vingtaine de livres d'enfants, son intérêt pour le rapport texte-image la conduit à devenir éditeur en 1978 ; elle crée les Éditions de la Marelle et publie des albums et des bandes dessinées.

Depuis 1983, elle mène parallèlement une activité d'éditeur free-lance et d'auteur. En 1984, elle écrit un roman pour adultes (publié sous un pseudonyme), et en 1986 un livre-jeu psychologique.

Parmi ses sports favoris — le bateau, les enfants, la marche, les jeux de mots, elle ne sait toujours pas celui qu'elle préfère. Ce qu'elle sait, en revanche, c'est qu'elle aurait voulu être peintre.

*Achevé d'imprimer
le 1ᵉʳ octobre 1987
sur les presses de
l'Imprimerie Hérissey
à Evreux (Eure)*

*Nᵒ d'imprimeur : 43439
Dépôt légal : octobre 1987
ISBN 2-07-056378-2*

Imprimé en France

41531